커서 마스터
Cursor Master

커서 마스터 7
Cursor Master

초판 1쇄 인쇄일 2017년 11월 09일 ㅣ **초판 1쇄 발행일** 2017년 11월 14일

지은이 장성필 ㅣ **펴낸이** 곽동현 ㅣ **담당편집 팀장** 이범수
편집부 신연제 김예리 이윤아 홍현주 김유진 조서영 임소담 정요한 김미경

펴낸곳 (주)조은세상 ㅣ 출판등록 제 2002-23호
주소 경기도 연천군 미산면 청정로 1355
TEL 편집부 02)587-2966 ㅣ FAX 02)587-2922
e-mail bukdu@comics21c.co.kr

장성필 ⓒ 2017
ISBN 979-11-6171-397-7 ㅣ ISBN 979-11-6171-008-2(set) ㅣ 값 8,000원

장성필 현대판타지 장편소설 7   NEO MODERN FANTASY STORY

커서 마스터
Cursor Master

북두
(주)조은세상

CONTENTS

1. 허공던전 (2) … 7

2. 피라미드 던전 … 83

3. 저주에 걸린 그루핀 … 173

4. 엠버의 꿈 … 215

5. 세 개의 탑 (1) … 279

커서 마스터
Cursor Master

커서 마스터
Cursor Master

1. 허공던전 (2)

커서 마스터

Cursor Master

1. 허공던전 (2)

급박한 와중에도 블랙로브의 등장으로 사람들이 소란스러워졌다.

"정말, 블랙로브다!"

"블랙로브! 살려줘요!"

그의 등장에 일말의 희망을 품은 사람들이 일제히 소리를 질렀다.

그런 모습을 잠시 내려다보던 블랙로브가 아래로 뛰어내렸다.

3층 건물의 옥상에서 뛰어내렸음에도 가볍게 착지하는 모습에 모두가 경악했다. 하지만, 그런 반응에도 별 관심없는지 냉정히 몸을 돌린 그가 각성자들에게 다가갔다.

그 때문에 각성자들은 모두 얼음처럼 굳어버렸다.

그는 이제 대부분의 각성자들에게는 전설과도 같은 인물이었으니, 그를 만났다는 것만으로도 경직될 정도로 과도하게 긴장을 한 탓이었다.

하지만, 그런 순간에도 언데드들은 속도를 줄이지 않고 거침없이 다가오고 있었다.

"목숨은 귀중한 거야. 남을 위하는 마음도 좋지만, 무리라는 것을 알면서도 억지를 부리는 건 단순한 자살행위일 뿐이다."

말을 마친 블랙로브는 가까이 다가온 언데드 무리를 향해 가볍게 주먹을 휘둘렀다.

콰가가가가가.

"꺄아아악!"

"우와악!"

엄청난 기파가 녀석들에게 쏟아져 내리자, 그 풍압에 놀란 일반인들이 비명을 질렀다.

자신들에게 몰려들던 언데드 무리가 모두 박살이 난 채 바닥을 구르고 있는 모습이 정신을 차린 그들의 시야에 들어왔다.

그리고 반대편에서 다가오던 또 다른 무리를 바라보던 블랙로브가 그들을 공중으로 들어 올리더니 주먹을 내질렀다.

퓨샤앗!

그러자 주변에 바람이 휘몰아치며 엄청난 기운이 공중에 붙들려 있던 언데드들을 향해 날아갔고, 곧 강력한 폭발음이 들리더니 모두 조각조각으로 흩어지며 바닥에 떨어져 내린다.

수많은 언데드 무리를 삽시간에 완전 분해해 버린 블랙로브의 활약에 사람들은 경악을 금할 수 없었다. 그동안 방송을 통해 그의 활약을 접하긴 했지만, 실제로 경험한 블랙로브의 능력은 그들의 예상을 훨씬 웃돌았던 것이다.

그가 절대자나 다름없다는 사실은 인터넷을 이용하는 사람이라면 누구나 다 알 만한 사실이었다.

다만 방송에서는 동양인에 대한 차별에 기인해 그의 활약상이 과대평가되고 있다고 언급했다.

그의 능력에 대해 자세히 알지 못하는 부분 역시 저평가에 한몫한 것이었지만 말이다.

하지만 그렇게 쌓여왔던 인식은 그의 실력을 실제로 경험하자 와르르 무너져 내렸다.

오히려 자신들이 접한 소문이 더욱 축소된 게 아닌가 하는 의문으로 변질되고 있었다.

그때 그곳의 소동을 목격한 일단의 각성자 무리가 멀리서 다가오는 모습이 보이자, 블랙로브는 다시 옥상으로 뛰어 올라갔다. 그리고 순식간에 모습을 감추었다.

"고, 고맙다는 인사도 못했는데……."

조그마한 흑인 여자아이의 중얼거림에, 정신을 차린 사람들의 시선이 블랙로브가 사라진 곳을 향했다.

"후우. 엄청나네, 진짜."

각성자 중 한 명이 입술을 부르르 떨며 흥분했다. 블랙로브에 대한 이야기는 익히 들었지만, 실제 눈앞에서 바라본 그의 실력은 직접 보고도 믿겨지지 않을 정도로 강했다.

"나, 지금 팔에 소름 돋았다고."

"씨발, 나도 그래."

각성자들이 블랙로브가 사라진 곳을 바라보며 중얼거리는 사이 그곳에 수십여 명의 각성자들이 나타났다.

"에이, 시간만 잡아먹었네."

유정상이 투덜거리며 옥상 위를 빠르게 달려갔다.

피해를 줄이려면 1초라도 더 빨리 던전의 입구를 봉쇄해야 하는데, 갑자기 만난 사람들을 구하느라 최소 20초 이상은 소비한 것이다.

하지만 그래도 사람들의 목숨을 구했으니 그것으로 된 것이다.

잠시 후 목표한 장소에 도착한 유정상은 극장건물 위에 나타난 검은 구름 모양의 던전 입구를 확인할 수 있었다.

그곳에선 무언가가 계속해서 지상으로 떨어져 내리고 있었다.

'엄청 튀어나오는군.'

떨어지는 검은 물체의 정체가 언데드라는 것을 확인한 유정상이 미간을 찌푸렸다.

언데드들이 바닥으로 떨어지는 사이, 던전의 입구에서 당당하게 점프하며 튀어나오는 놈들도 보였다.

스켈레톤 나이트였다.

던전의 입구 근처에 도착하자마자, 유정상은 놈들을 향해 주먹 기파를 날렸다.

퍼엉!

힘차게 던전에서 튀어나오던 놈이 기파를 맞고는 공중에서 폭발해 버렸다.

그리고는 녀석들이 던전 아래에 무더기로 모여 있는 장소를 향해 폭격펀치를 날렸다.

콰가가가가가가.

콰가강. 콰강.

"끼에에에엑!"

"쿠어어어!"

"캬우우!"

바닥에 뭉쳐 있던 수백 마리의 언데드가 괴성을 지르며 터져나가기 시작했다.

결과를 확인하지도 않은 채 이번에는 입구 쪽으로 시선을 돌렸다.

그리고 놈들이 튀어나오는 그곳에도 폭격펀치가 작렬했다.

콰가가가가가.

그 때문에 무더기로 튀어나오던 놈들이 공중에서 터져나가기 시작했다.

하지만 그러는 와중에도 던전의 입구에선 무수히 많은 언데드들이 계속해서 떨어지고 있다.

다시 한 번 더 타점을 바꿔서 폭격펀치를 날리자 허공에서 떨어지고 있던 언데드들이 폭발하듯 터져버린다.

콰가가가가가가.

콰가가가가가가가.

폭격펀치를 날리던 유정상은 잠시 고민했다.

언데드가 나올 때마다 무작정 폭격펀치를 사용할 수도 없었다.

혹시나 던전을 막을 수 있을까 하는 생각에 커서를 가져가 보았지만, 접착제가 생성되지는 않았다.

접착제가 생성되는 정확한 방법은 알 수 없었지만, 우선 커서를 통해 밀봉하는 건 불가능하다고 판단했다.

"던전 전용 코르크 마개 같은 건 없나?"

마땅한 대책이 없었기에 던전에서 떨어져 내리는 언데드들을 계속 때려잡던 유정상이 투덜거렸다.

꽤 많은 수의 언데드를 처리한 탓인지, 던전 아래엔 많은 양의 골드주머니와 아이템들이 널려 있었다.

원숭이의 손 스킬을 사용해 한 번에 인벤토리에 담은 유정상은 던전의 내부가 아닌 곳에서 많은 마나를 소모했기 때문인지 피곤함이 역력했다.

중간 중간에 클린볼과 마나 포션을 이용해 회복하고는 있지만, 현상 유지에 만족할 수만은 없었다.

그 순간, 유정상의 시야에 거대한 울타리가 도시 주변을 둘러싸며 올라가고 있는 모습이 들어왔다.

언데드들이 추가 유입되지 않은 덕분에, 헌터들과 군인들이 합심하여 남아 있는 언데드들을 막아 내고 있는 모양이었다.

급한 불은 꺼뜨렸다고 판단한 유정상은 지체없이 던전을 향해 뛰어 올랐다.

던전의 입구가 높은 허공에 위치하고 있었지만, 지금의 능력이라면 점프만으로 충분히 도착할 수 있다는 생각이었다.

하지만 그의 예상보다 더 높았는지, 목표치에 도달하기에 모자란 감이 있었다.

허공에서 자세를 바로잡은 유정상은 마지막에 떨어져 내린 녀석들을 향해 폭격펀치를 시전했고, 그 반탄력을 이용해서 던전의 내부로 뛰어들었다.

그리고는 던전에서 밀려나오는 녀석들을 향해 주먹 기파를 날려서 박살내면서 그 안으로 진입해 들어갔다.

그런데 느낌이 이상했다.

입구를 통과했음에도, 던전 진입 시 느껴지는 특유의 기운이 감지되지 않았다.

던전의 장벽이 사라졌기 때문이었을까?

던전 내부의 몬스터들이 아무렇지도 않게 바깥으로 빠져 나오는 것 역시 동일한 이유라고 여기며 던전 내부에 내려 섰다.

그러자 유정상의 뒤쪽에 있는 던전의 구멍을 향해 모여 드는 언데드들이 눈에 띄었다.

'젠장, 숫자가 얼마나 되는 거야?'

일반적인 각성자였다면 혀를 내둘렀을 정도로, 밀려드는 몬스터들의 수는 엄청났다.

하지만 유정상은 오히려 차분했다. 던전의 내부였기에 혼자서 싸울 필요가 없었기 때문이었다.

곧바로 모든 소환수들 중 덩치가 큰 코드자이언트 웜과 코드네피림, 그리고 진화된 코드골렘을 각각 10기씩 소환 했다.

업그레이드된 후 군주 포인트 소모가 큰 탓에 많은 수를 소환할 수 없어 아쉬움이 생겼지만, 곧 그들의 활약을 보고 는 유정상도 만족스러운 미소를 지으며 고개를 끄덕였다.

코드라는 명칭이 붙어서였을까?

이전처럼 피를 흘리며 부상을 당하지 않았고, 강력한 공 격을 당할 경우 몸에서 블록조각들이 떨어져나가지만 이내 원상복구 된다.

거기다 공격력과 방어력이 월등하게 상승했는지, 소환수 의 주먹 한 방에 언데드 몇 마리씩 박살이 나버렸다.

심지어, 스켈레톤 나이트조차 진화된 코드골렘의 주먹 한 방을 견디지 못 할 정도였다.

하지만 끝없이 몰려오는 숫자가 제일 문제였다.

일단 한동안은 소환수들이 놈들을 막아낼 수 있겠지만, 그렇다고 이곳에서 무한정 진을 치고 있을 수만은 없는 일이었다.

우선 놈들이 생성되는 곳과 이렇게 끝없이 몰려오는 이유를 알아야 할 것이고, 두 번째는 그것을 제거해야 한다.

그리고 사실 그보다 가장 중요한 문제는, 던전 입구에 뚫려 있는 구멍을 막아 모든 것을 정상화시켜야 한다는 것이다.

"이거 참."

소환수들이 던전의 출구에 다가오는 언데드 몬스터들을 시원스럽게 박살내는 모습을 보며 머리를 긁적이던 유정상이 오랜만에 드레이크를 소환했다.

그런데 녀석이 소환되자마자 본능적으로 주변에 잔뜩 몰려드는 언데드를 향해 화염 브레스를 난사했다.

콰아아아아아아.

주변이 불바다로 변하며 많은 수의 언데드가 순식간에 소멸했다.

그동안의 전투를 통해 전투력이 상승했는지, 브레스의 위력이 한층 더 강력해져 있었다.

그런 드레이크의 활약을 구경하고 있는 사이에 주코와 백정, 그리고 산제이가 모습을 드러냈다.

어쩐지 평소보다 조금 늦게 나타났다 싶었는데 아마도
던전에 생긴 구멍의 영향을 받아서 그런 것 같았다.

"주인, 저거 다 뭐냐?"

주코가 손가락으로 주변에 몰려드는 언데드를 가리키며
물었다. 마계 출신인 주코가 언데드를 몰라서 물어보는 것
은 아니었고, 현 상황에 대한 물음이었을 것이다.

"나도 몰라. 던전에 구멍이 생겨서 언데드 녀석들이 자
꾸 바깥으로 나가고 있는 상황이야."

"던전에 구멍이 났다고? 왜?"

"내가 그걸 알면 이렇게 고민하고 있겠냐? 진작 막아 버
렸지."

"그때처럼 접착제로는 안 되는 거야?"

"그래. 구멍이 너무 커서 그런지 아니면 다른 근본적인
이유 때문인지 몰라도 이번에는 접착제가 전혀 안 먹혀."

"그럼 이 많은 놈들을 다 상대해야 하는 거야?"

"이미 던전 밖으로 엄청난 숫자의 언데드가 나갔다. 더
이상은 이곳을 통과시킬 수 없어."

유정상과 주코의 대화를 듣던 산제이가 자신의 양팔을
뾰족하게 만들며 물었다.

"주인. 그럼, 저 놈들을 다 죽여 버리면 되는 거야?"

"뭐, 그게 가능하다면 말이지."

"좋아!"

그렇게 말하더니 몸을 공중으로 날린다. 그런 산제이를

보며 주코가 한숨을 쉬었다.

"에휴, 어려서 그런지 힘이 뻗치는구만."

산제이가 무더기로 다가오는 언데드의 사이에 뛰어들더니 모조리 토막을 내기 시작했다.

번쩍번쩍 할 때마다 스켈레톤은 부서지고, 좀비나 구울은 토막이 나 버린다.

그런 산제이의 활약에도 별다른 감흥이 없었던 유정상은 드레이크가 내려선 장소로 다가갔다.

저렇게 수백 수천 마리를 죽여 봐야 지금의 상황에선 아무런 도움이 되지 않는, 단순한 시간낭비일 뿐이었다.

"산제이! 그만하고 이제 돌아와!"

"다 죽이면 된다고 했잖아?"

"너무 많아서 불가능해!"

"하지만 너무 신나!"

그 말에 주코가 어이가 없는지 고개를 절레절레 흔들었다.

더 이상 재촉하는 걸 멈춘 유정상이 몸을 돌렸다.

그렇게 셋이 등에 올라타자 드레이크가 거대한 날개를 퍼덕거린다.

"엇! 주인, 기다려!"

산제이가 단번에 주위로 몰려든 몬스터 다섯을 베어 버리며 멋있게 솟구쳤다.

그리고 특유의 빠른 스피드로 드레이크 쪽으로 달려오더니 몸을 날렸다.

탁.

드레이크 등에 착지한 산제이가 유정상에게 다가갔다.

"주인, 이렇게 신나는 걸 내버려 두고 가도 괜찮은 거야?"

"난 지겨워서 더 이상 그런 노가다는 못해."

그런 유정상의 말에 고개를 갸웃거리는 산제이.

"지겹다고? 엄청 신나던데?"

산제이가 이해하지 못하겠다는 표정으로 짓고 있자, 주코가 킥킥거리며 유정상 대신 대답했다.

"키킥킥, 그럼, 내려가서 계속 싸우시던가."

"주인을 따라가야 해. 그런데, 지금 어디 가?"

"글쎄?"

그렇게 대답한 유정상이 커서를 바라보았다.

그러자 커서가 빛을 뿌리더니 곧 메시지가 생성되었다.

[언데드들의 웨이브를 막기 위해선 '코드의 조각'을 찾아야 한다.]

[던전의 심장에 코드의 조각을 맞추면 던전은 원래의 모습을 되찾게 된다.]

"호오, 그렇군."

주코가 놀랍다는 표정으로 고개를 끄덕였다. 그 반응에 유정상이 의아한 표정으로 물었다.

"저게 무슨 뜻이지?"

"나도 몰라. 주인이 이해한 거 아니었어?"

"어휴, 진짜. 내가 뭘 더 바라냐."

어이가 없는지 유정상이 헛웃음을 지으며 허무한 표정으로 어깨를 축 늘어뜨린다.

별다른 질문이 없어서 주코가 내용을 다 이해하고 있을 거라고 생각했는데, 실상 아무것도 아는 것이 없었던 것이다.

잠시 생각을 정리하던 유정상이 곧 다시 입을 열었다.

"일단 저 코드의 조각이라는 것부터 찾아야겠다."

"주인, 그런데 좀 이상하지 않아?"

"뭐가?"

"방금 메시지 말이야. 평소 때라면 미션이라고 했을 텐데, 그런 것은 보이지 않았지?"

"그러네?"

유정상도 그제야 이상하다는 것을 깨달았는지 고개를 끄덕인다.

하지만, 애초에 이곳을 방문한 이유도 옥타비아의 의뢰를 받아들였기 때문이었다.

커서의 좌표를 받고 옷 것이 아니니 미션에 포함되지 않을 수 있다고 생각한 유정상은 이내 수긍해 버렸다.

"보너스 게임 같은 건가? 그런 것 치고는 난이도가 높은 것 같기는 하지만."

유정상은 짐짓 심각한 표정으로 커서가 가리키는 방향을 확인하고는 그곳으로 드레이크를 유도했다.

그러다 투명한 몸의 고스트나 뼈 날개를 가진 본글라이더와 같은 비행형 언데드가 달려들면 주코가 마법으로 비행을 못하게 하거나 백정이 베어 버렸다.

물론, 산제이 역시 자신의 검은 칼을 길게 늘여 가까이 다가오는 녀석들을 토막내 버리기도 했고 말이다.

후두둑.

조각난 비행형 언데드들이 아래로 떨어져 내리는 모습을 보던 유정상이 문득 아래를 내려다보자 지상에서는 여전히 바글바글한 숫자의 몬스터들이 던전의 구멍 쪽으로 꾸역꾸역 모여들고 있었다.

"주코!"

"응?"

"저놈들에게 주주밍이 통할까?"

"언데드에게는 안 통해. 살아 있는 몬스터에게만 통하거든."

"그래?"

생각해보니 언데드 몬스터가 아니었다고 해도, 주주밍으로 인해 일이 더욱 걷잡을 수 없이 커질 수도 있었다.

끝없이 밀려드는 몬스터들을 주주밍으로 제압한다고 해도, 주주밍에 의해 역으로 소환수들이 피해를 볼 수도 있었다.

게다가 주주밍 한 마리라도 던전 밖으로 빠져나가게 된다면, 그 피해는 상상도 하기 힘든 수준이 될 것이다.

오히려 본전을 찾는 것도 어렵겠다고 판단한 유정상은 커서가 가리키는 방향으로 가보고 나서 다른 방법을 고민해봐야겠다고 생각을 정리했다.

그렇게 한참을 날아가는 와중에도, 지상에선 계속 언데드들이 한쪽으로 이동하는 모습만 보이고 있었다.

그 때 먼 곳에 크고 기다란 막대기가 보인다.

커서가 가리키는 방향과도 일치하는 곳에 나타난 거대한 막대기.

먼 곳에 위치한 탓에 두께를 가늠하기 힘들었지만, 그 끝을 알 수 없을 정도로 뻗어 있었다.

유정상의 시선이 그 막대기를 따라 쭉 올라가자 높이가 얼마나 엄청난지, 주변에 몰려 있는 검은 구름에 꼭대기가 가려져 보일 정도였다.

마치 손오공의 여의봉이 길어질 대로 길어져 하늘을 떠받치고 있는 것처럼 보인다고 해야 할까.

막대기와의 거리를 어느 정도 좁힌 유정상이 커서로 그것의 정체를 확인해 보았다.

[다크라드]
[흑마법사 휴이 알바론의 마법 지팡이]
[높이: 10,485m]

"마법 지팡이? 기둥이 아니고?"

"휴이 알바론이라면 나도 들어본 적이 있는 흑마법사다. 흑마법에 미쳐서 엄청난 걸 많이 만들어 냈다더니 저것도 그런 것 중에 하나인가보다."

주코가 아는 체를 했지만 유정상이 관심을 보이지 않자 더 이상 주절대지 않는다.

어찌되었건 지팡이라면서 지구에서 가장 높은 에베레스트보다 더 높다.

유정상은 일단 목적지는 확인했으니, 지팡이의 끝이 어디인지 확인하기 위해 드레이크를 움직여 구름 위로 상승했다.

휘이이이이잉.

구름 속을 뚫고 올라가는 동안 엄청난 바람이 드레이크를 덮쳤고, 등 위에 올라타 있던 유정상 일행은 드레이크의 등을 붙들고 있어야 했다.

습기로 이루어진 일반적인 구름이 아닌 바람으로 구성되어 있었다.

알고 보니 이 구름은 드레이크 정도의 비행능력이 아니라면 뚫고 올라가지 못할 정도의 장벽이었다.

푸샥.

"후우!"

구름을 뚫고 솟아오르자 다시 시야가 탁 트였다.

그리고 트인 시야 속에 다크라드의 정상이 보였다.

놀랍게도 가늘게 생긴 막대기의 정상엔 커다란 성이 위태한 느낌으로 서 있었다.

가는 나무젓가락 위에 커다란 벽돌을 올려놓은 느낌이랄까……. 아무튼 그리 안정정인 느낌은 아니었다.

그래도 커서가 그곳을 가리키고 있는 이상 이번 사건을 해결하기 위한 물건이 저곳에 있을 것이다.

그렇게 생각하며 빠르게 접근하고 있던 그때, 커서가 갑자기 허공을 가리키며 경고메시지를 생성시켰다.

[경고, 방어결계가 있다.]

그 말에 깜짝 놀란 유정상이 드레이크에게 소리쳤다.
"멈춰!"
파지지직!
"쿠어어어어!"
"으아악!"
"삐이이이!"
"크악!"
갑자기 그들을 덮친 스파크.
무방비한 상태에서 받아들인 충격은 강력했고, 그 때문에 모두 비명을 지를 수밖에 없었다.
결계의 대미지를 정면에서 받은 드레이크는 순간 몸이 휘청거리더니, 이내 퍼덕거리던 날개가 움직임을 멈췄다.

그러자 드레이크의 거대한 몸체와 그 등에 타고 있던 모두가 급속도로 추락하기 시작했다.

드레이크가 정신을 잃었다는 걸 눈치 챈 유정상은 공중으로 몸을 날렸다. 동시에 인벤토리를 열어 최근에 얻은 신형 클린볼과 포션들을 왕창 꺼내 바닥으로 추락하는 드레이크를 향해 퍼부었다.

그러자 녀석의 몸에서 빛이 여러 번 번쩍였고, 이내 정신을 차렸는지 다시금 날개를 퍼덕거렸다.

드레이크가 충격에서 완전히 벗어난 모습을 확인한 유정상이 다시 그 등 위에 안전하게 착지했다.

등 위에 있던 다른 녀석들도 강력한 스파크에 충격을 받기는 했지만, 드레이크가 대부분 흡수한 탓에 그럭저럭 괜찮아 보였다.

일단 세 녀석에게도 클린볼을 비롯한 포션들을 사용한 유정상은 다시 고개를 돌려 성 쪽을 바라보았다.

이미 결계를 한 번 경험하고 난 탓인지, 결계의 모습이 유정상의 디스플레이에 잡혔다.

"칫, 주변이 온통 방어결계로 쌓여 있군."

잠시 그 결계를 노려보던 유정상이 곧 커서 쪽에 시선을 보냈다.

이런 상황이라면 커서가 어떻게든 해줄 것 같았기 때문이었다.

일단 결계와 어느 정도 간격을 둔 상태에서 커서를 결계 쪽으로 가져가자 가볍게 통과했다.

그리고 커서가 지나간 결계 부분이 순간적으로 소멸했다가 생성되는 모습을 보였다.

어떠한 작용에서인지는 알 수 없지만, 커서가 결계를 통과하며 잠시나마 결계를 무력화시키는 건 분명해 보였다.

커서를 이리저리 통과시키는 것을 여러 번 반복하다 보니, 결계가 복구되는 시간이 점차 늦어지고 그 강도 역시 약해지는 느낌이 들었다.

문득 어쩌면 될 것도 같다는 생각에 유정상은 커서를 결계에 가져가 둥글게 움직이기 시작했다.

그러자 커서가 지나가는 순간 제법 큰 구멍이 생겨나는 것을 확인했다. 회전의 속도를 조금씩 올리자 구멍의 형상이 점점 크고 구체적으로 생겨난다.

그것을 확인한 유정상이 커서의 회전속도를 더욱 올렸다.

휙휙휙휙휙휙휙.

커서가 엄청난 속도로 돌아가기 시작하자 커서의 움직임 사이에서 결계에 제법 큰 구멍이 생겨났다.

하지만 그 크기가 만족할 만큼 충분히 크지는 않았다.

속도를 더 올려봤지만 결계의 복원력이 있어서 그 크기는 지름 2미터정도가 한계였다.

아무래도 드레이크가 통과하기에는 무리였다.

"주코와 백정 너희들부터 결계를 빠져나가!"

"주인은 어쩌고?"

회전을 시키는 것에 엄청난 마나가 소모되자 유정상이 소리쳤다.

"어서!"

그 소리에 두 녀석이 빠르게 결계가 뚫린 곳을 날아서 통과했다.

그리고 유정상이 곁에 있던 산제이를 붙들고는 결계 안으로 힘껏 던졌다.

"받아! 주코!"

"으앗!"

갑작스런 유정상의 행동에 산제이가 비명을 질렀고, 곧 녀석을 받은 주코도 소리를 질렀다.

"끄악!"

월등히 덩치가 큰 녀석을 갑자기 받아내느라 소리를 지르기는 했지만, 마법을 사용해 비행할 수 있는 주코였기에 산제이를 잘 붙들고 있었다.

그 모습을 확인한 유정상이 이내 몸을 결계의 구멍 속으로 날렸다.

"백정, 부탁해!"

"삐잇!"

팟.

유정상이 그곳을 통과하는 순간 백정이 작은 몸을 날려 유정상의 로브를 붙들었다. 조그마한 녀석이라도 레벨이 레벨인지라 힘만큼은 천하장사였다.

"잘했어, 백정아!"

"삐이이이!"

그리고는 유정상이 드레이크 쪽으로 시선을 돌렸다.

"넌 일단 근처에서 대기하고 있어. 금방 끝날지도 모르니까 말이야."

"쿠어어어!"

"그럼, 우리는 저 성으로 가자!"

유정상이 외치자, 주코는 산제이를 붙들고, 백정은 유정상의 로브를 붙잡은 채 막대기 위에 서 있는 거대한 성을 향해 날아가기 시작했다.

성벽에 다다르자, 몸을 날린 유정상은 그곳에 매달린 후 빠르게 벽을 타고 오르며 주변을 살폈다. 산제이 역시 특유의 그림자이동으로 가볍게 성벽을 밟고 올라가더니, 그곳에 나 있는 구멍을 발견하고는 그 속으로 빨려 들어가 듯 사라졌다.

그리고 잠시 후, 모습을 드러낸 산제이가 이상이 없다는 듯이 손을 흔들었다.

그 모습을 확인한 유정상과 주코, 백정이 산제이가 있는 곳으로 이동했다.

구멍 속으로 들어가 보니 내부의 크기는 사람이 이동하기에도 충분했지만 문제는 악취였다.

"하수구로군."

냄새 때문에 얼굴을 잔뜩 찌푸린 유정상은 여신 투덜거리며 발걸음을 재촉했다.

그렇게 한참을 이동해 가는데 한쪽 벽에서 검은 물이 쏟아져 내렸다. 재빨리 반대쪽 벽에 달라붙어 물을 뒤집어쓰는 건 피했지만, 그 냄새가 역해 오바이트가 쏠렸다.

"으엑! 냄새 죽음이다."

"젠장, 빨리 나가자."

다시금 빠르게 이동하던 유정상 일행은 어느 순간 머리 위에 위치한 철창을 발견했다.

성의 실내로 이동할 수 있는 통로라는 걸 확인하자. 산제이가 철창의 틈을 이용해 밖으로 나가 상황을 살폈다.

빛과 어둠이 있는 길이라면 어디든 갈 수 있는 녀석은 무척 편리한 몸이었다.

주변을 확인한 산제이가 팔을 검으로 만들더니 철창을 가볍게 잘라서 조용히 길을 열어주었다.

그곳을 모두 통과하고는 밖으로 나오자마자 유정상은 클린볼을 꺼내 모두에게 투하했다.

그러자 푸른빛이 번쩍임과 동시에 몸에 있던 검은 기운이 퍽하고 터지며 사라졌다.

그와 동시에 몸에 깊숙이 배어 있던 악취가 순식간에 증발해 버렸다.

"어휴, 이제 살 것 같네."

"나도."

유정상의 투덜거림에 주코도 인상을 찌푸리며 고개를 끄덕였다. 그런데 산제이는 그런 둘을 이해하지 못하겠다는 표정을 지으며 말했다.

"난 괜찮은데."

"으이그, 더러운 녀석."

주코가 타박했지만, 별로 신경 쓰지 않는지 머리만 긁적이는 산제이였다.

유정상이 주변을 커서로 확인하며 통로를 이동해갔고, 이내 그의 앞에 계단이 나타났다.

첨병 역할을 자처하는 산제이가 먼저 계단 위로 올라갔고, 괜찮다는 신호가 이어진 뒤에 다같이 계단을 올랐다.

이전까지의 유정상이었다면 은신술을 펼친 채 이동했을 테지만, 그림자이동을 하는 산제이가 있기에 굳이 위험을 감수하지 않았다.

은신술이 뛰어나다고는 하나, 그 또한 완벽하지는 않았기 때문이다.

물론 산제이 역시 발각될 가능성이 있기는 하지만 섀도맨의 몸은 은신과 잠입에 특화되어 있었고, 또한 소환취소가 된다 할지라도 나중에 다시 불러들이면 될 뿐이었다.

"엇!"

계단을 오르고 보니 엄청난 크기의 통로가 나타났다.

일반적인 복도라고 하기에는 그 크기나 워낙 넓었는데, 마치 12차선 도로를 홀로 걸어가는 기분이 들 정도였다.

유정상은 일단 은신술을 펼친 채로 빠르게 이동해 갔다.

유정상과 산제이가 앞장서고 주코와 백정이 조금 떨어져서 뒤따라오는 형태였다.

하지만 어쩐 일인지 아무도 보이지 않는다.

한참을 더 걸어가자 그들 앞에 거대한 문이 나타났다. 드넓었던 복도와 마찬가지로 문 역시 거대했고, 문고리는 5미터 이상은 되는 자리에 달려 있었다.

도대체 얼마나 큰 놈들이 이곳에 살고 있는 것일까 궁금해 하며 일단 천천히 문을 열었다.

자그맣게 열린 틈을 통해 내부로 들어서자, 거대한 복도보다 더 광활한 내부공간과 함께 양옆으로 쭉 늘어선 거대 석상들이 눈에 들어왔다.

인간의 모양으로 조각된 거대한 석상들 수십여 개가 양옆으로 정렬되어 있었는데, 눈대중으로 봐도 높이가 10미터 이상이었다.

"이게 다 뭐야?"

주코가 몸을 날려 공중에서 거대 석상들을 살피며 유정상에게 물었다.

유정상이 커서를 이용해 석상에게 가져가 확인했다.

[거인 돌석상]
[저주를 받아 거인이 석화되었다.]

"뭐?"

놀랍게도 메시지는 단순한 석상이 아니라 저주에 걸린 거인이라고 말하고 있었다.

"이게 저주마법?"

놀랍다는 듯 말하자 주코가 유정상에게 다가오더니 이야기한다.

"이정도 저주마법을 구사했다면 적은 엄청난 레벨의 흑마법사가 틀림없어."

"흑마법사?"

"석화마법이 일반적으로 흑마법사들이 사용하는 저주계열 마법이라고는 하지만, 이정도 크기의 거인에게 석화마법을 걸었다는 건 어지간한 능력을 가진 흑마법사로는 어림도 없지. 아마 고위급 흑마법사일 확률이 높아."

"마계 놈이라는 거냐?"

"흑마법사가 꼭 마계에만 존재하는 건 아니니까 그렇게 단정하긴 어렵지만, 어쨌든 흑마법사라면 마계의 힘을 사용하는 건 맞아."

이번에 상대해야 할 놈은 흑마법사일지도 모른다는 생각에 잠시 미간을 좁힌 유정상이 이내 복도로 나왔다.

다시금 드넓은 복도를 바라보니, 어째서 건물의 규모가 거대했던 것인지 납득할 수 있었다.

정확한 사정은 알 수 없지만, 거인들이 살던 이곳에 흑마법사가 침입해 그들을 죄다 돌로 만들어 버렸다는 것 역시

33

파악할 수 있었다.

주코의 말에 따르면, 이렇게 많은 녀석들을 모두 석화시켰다는 것으로 볼 때, 고위급 저주마법을 자유자재로 사용할 수 있는 흑마법사일 것이다. 그도 아니면 비슷한 흑마법사 놈들이 여럿 있을 지도 몰랐다.

그때였다.

복도 끝에 거인 돌석상과 비슷한 거대한 그림자가 서 있는 게 보였다.

처음엔 가만히 있는 것 같아서 석상이라고 생각했다가 이상하게 생각한 유정상이 커서로 확인해보니 [정신을 지배당한 거인 검사]라는 정보가 떴다.

"살아 있는 놈이다!"

유정상이 소리침과 동시에 그들의 거대한 검이 사나운 속도로 떨어져 내린다.

콰아아앙!

대리석으로 된 바닥이 완전히 박살이 나며 무지막지하게 큰 검이 그곳을 파고들었다.

검의 주인은 방금 확인했던 거인으로, 녀석은 거대한 덩치에 맞지 않게 빠르게 움직이며 유정상을 향해 다시 검을 내려쳤다.

콰아아앙!

유정상이 검을 피하며 이동의 팔찌를 이용해 빠른 속도로 쏘아지듯이 날아올랐지만, 놈의 눈동자는 그를 놓치지 않았다. 애초부터 다른 녀석들에게는 관심이 없었는지, 오로지 유정상에게만 검을 휘두르는 거인 검사. 놈은 블랙로브의 인간이 이곳에서 강한 존재라는 걸 한눈에 파악하고 있었다.

부우웅.

콰아앙!

이번엔 복도의 벽을 부수며 거대한 검이 사납게 스쳐갔다.

그사이 산제이가 빠르게 움직이며 녀석의 다리를 베어 버리자 사방으로 엄청난 양의 피가 튀었다.

그러나 녀석은 고통을 느끼지도 않는지 균형을 잃고 휘청거리면서도 표정 하나 바꾸지 않고 오로지 유정상을 향해서만 검을 휘둘렀다.

"이런, 귀찮은 놈!"

유정상이 소리치더니 곧바로 놈을 향해 폭격펀치를 시전했다.

콰가가가가가.

놈의 머리 위로 떨어져 내리는 무수한 기파들이 그의 전신을 가격한다.

그러자 놈이 더 이상 버티지 못하고 비틀거리며 바닥에 주저앉았다.

그리고 곧이어 유정상의 버스터펀치가 놈에게 작렬하자 그대로 머리가 터져나가면서 완전히 쓰러져 버렸다.

쿠우웅!

"이런 좀비 같은 놈."

실제로 경험해 본 놈의 실력은 그리 강하지 않았지만, 어찌된 영문인지 고통을 느끼지 않고 달려드는 통에 위압감은 상당했다.

하지만 쓰러트리고 나서 보니 덩치에 비해 내구력은 좋지 않은 듯했다.

유정상이 놈의 몸에서 나온 약간의 잡템을 인벤토리에 담으며 입을 열었다.

"놈에게 발각되었나 보군."

커서를 확인한 유정상이 이동의 팔찌를 이용해 몸을 날리며 중얼거렸다.

그리고 빠르게 다다른 복도의 끝은 거대한 문으로 막혀 있었고, 갑옷을 입은 거인 두 놈이 눈을 빛내며 그 앞을 지키고 서 있는 것이 보였다.

유정상이 그 근처로 다가가자 놈들의 눈동자가 돌아가더니 곧바로 덤벼들었다.

"우왁! 이놈들 정말 뭐야?"

놈들의 거대한 창과 검이 사방으로 휘둘러지자 화들짝 놀란 주코가 소리쳤다.

하지만, 유정상은 이놈들에게서 느껴지던 기세를 일찌감치 파악한 탓에 가벼운 마음으로 놈들을 상대했다.

검과 창을 든 두 놈이 유정상을 향해 한꺼번에 덤벼들었지만, 조금전 거인 검사와의 전투를 통해 전투에 적응한 유정상에게 큰 부담감은 없었다.

놈들의 공격을 회피하며 상황을 주시하던 유정상은 새로운 사실을 눈치 챌 수 있었다.

산제이의 공격이 놈들의 갑옷을 뚫지 못했으며, 주코의 저주도, 백정이 휘두르는 빛의 검도 통하지 않았던 것이다.

갑옷의 성능이 만만치 않음을 깨달은 유정상이 곧바로 한 녀석에게 폭격펀치를 시전했지만, 떨어져 내리던 기파가 갑옷의 근처에서 부서지며 흩어져 버렸다.

"방어마법이 걸려 있는 갑옷이야. 등 뒤에 주문이 새겨져 있어."

주코의 외침을 들은 유정상이 이동의 팔찌로 몸을 날리며 놈의 뒤쪽으로 이동하자 거대한 갑옷 등판 한가운데 자그마한 글자가 새겨진 것이 보였다.

순간 커서를 그 위로 가져가자 [고위급 흑마법사의 방어주문]이라는 메시지가 떠올랐다.

유정상이 커서에 의지를 보내자, 커서의 모양이 마치 지우개처럼 네모반듯한 모양으로 변했다.

다급한 전투 중에 뭐하는 짓인가 싶으면서도 얼른 빠르게 문지르듯이 움직이자 등갑에 새겨진 마법주문이 조금씩 지워진다.

잠시 후, 한 녀석의 방어주문이 완전히 소멸했다.

"저 녀석은 됐어!"

유정상이 마법주문을 지워버린 놈을 가리키자, 모두 달려들어 그녀석의 갑옷을 파괴하기 시작했다.

그사이 유정상에게는 다시 창을 쓰는 거인이 덤벼들었다.

이네크의 걸음을 써서 녀석의 등 뒤로 몸을 날린 유정상은 놈에게 새겨져 있던 마법주문 역시 어렵지 않게 지워 냈다.

그러자 그것 역시 마법 방어력을 잃으며 일반 갑옷으로 변해 버렸고, 곧바로 이어진 버스터펀치에 놈의 머리와 투구가 함께 부서져 버렸다.

이어서 유정상은 몸을 돌려 소환수 세 녀석에게 협공을 당하며 주춤거리고 있던 거인 검사 녀석에게 다시 버스터 펀치를 사용해 마무리 지었다.

쿠웅!

두 번째 놈도 바닥에 쓰러지자 본능적으로 주변에 떨어져 있는 골드바와 약간의 잡템을 주워 담았다.

그리고는 거침없이 눈앞에 있는 거대한 문을 힘으로 열어젖혔다.

끼이이익!

거대한 문이 열리고 유정상이 빠르게 진입하자 가장 먼저 어둠이 그의 시야를 가로막는다. 그리고 곧 어둠에 익숙해진 눈앞에 실내가 서서히 드러났다.

일반적인 실내를 예상하고 들이닥쳤는데 의외의 장소가 눈앞에 펼쳐져 유정상은 당황했다.

"어?"

유정상이 황당한 표정으로 눈을 부릅뜨고는 주변을 둘러봤지만, 이상한 공간이라고 밖에 할 수 없는 곳이었다.

몸은 마치 허공에 떠 있는 듯한 느낌이었고 주변에는 글자인지 문양인지 알 수 없는 것들이 사방에 널려 있었다.

거기다 수없이 많은 둥글고 긴 관들이 이리저리 연결되어 있었다.

그 관 내부로 빛이 흐르고 있으며, 처음 보는 글자들은 계속 사방에 떠다녔다.

어쩌면 무언가 복잡한 물건의 내부처럼 보이기도 했고, 또는 몽환적인 상상 속에 빠져버린 듯한 기분이 들기도 했다.

"여긴 도대체 어딘 거야?"

주코가 소리쳤지만, 아무도 그것을 아는 이가 없었다.

여기에 있는 누구도 이런 장소를 경험해 보는 것은 고사하고 들은 바도 없었기 때문이다.

그런데 그런 공간 안에 새로운 존재가 모습을 드러냈다.

어둠에 가려진 로브를 쓰고 있는 듯한 거대한 인간의 그림자였다.

〈예상하지 못한 불청객이 침입했군.〉

"던전을 뚫은 게 너였냐?"

〈던전? 너희들 세상에선 이곳을 던전이라 부르고 있나보

군. 후후후. 뭔가 재밌는데?〉

"뭐가?"

〈이쪽에서 보면 오히려 너희들이 사는 곳이 던전인데 말이지.〉

"오, 그런가? 그런 건 정말 생각 못해봤는데."

유정상이 재미있다는 듯이 대답하자 거대한 그림자가 의외라는 듯 고개를 갸웃거렸다.

〈넌 어떻게 이곳을 알고 찾아온 거지?〉

"다짜고짜 질문이야? 그런 걸 일일이 대답해 줄 만큼 우리가 친했던가? 거기다 아깐 무턱대고 우릴 공격하더니……."

〈후후후. 그 녀석들은 집을 지키는 개들일 뿐이지. 그러니까 당연히 침입자를 공격한 것이고. 따지고 보면 너희들은 그저 허락 없이 침입한 쥐새끼들일뿐이니까.〉

"흠, 그러고 보면 남의 집에 침입해서 주인을 모두 돌덩이로 만든 놈이 지껄일 만한 말은 아닌 것 같은데?"

〈크크크. 주둥이만큼 실력이 있는지 궁금하군.〉

"글쎄? 궁금한 건 알겠지만 나를 테스트 할 만큼의 실력이 네게 있을지 모르겠네."

〈건방진!〉

놈이 버럭하며 소리치자 동시에 그 거대한 그림자가 사라진다. 그리고는 주변의 환경이 서서히 변해갔다.

새로운 배경이 눈앞에 펼쳐졌다.

그곳은 누군가에 의해 황폐화되어버린 중세도시 한복판처럼 보였다.

건물들 대부분이 부서져 있거나 불타오르고 있었으며, 주변엔 인간들의 시체가 널브러져 있었다. 특히 먼 곳에서 몬스터들이 인간을 학살하는 장면은 누구라도 눈살을 찌푸리게 할 만했다.

하지만 유정상은 이 모든 것들이 눈속임이라는 것을 잘 알고 있었다.

새로운 게 보이자 습관처럼 커서를 이용해서 확인과정을 거쳤기에 일종의 홀로그램처럼 가짜 영상으로 유정상의 심기를 어지럽히려는 것임을 이미 파악한 것이다.

하지만, 유정상이 그곳을 바라보고 있는 모습만으로 분노하고 있을 거라 판단한 것인지, 더욱 더 잔인하게 사람들을 학살하는 모습을 보여준다.

그리고 그것을 이용한 저주가 사방에 뿌려진다.

현혹마법과 저주마법으로 수작을 부리는 걸로 보아선 어쩐지 놈은 정면으로 싸우는 스타일은 아닌 것 같다.

"주코."

"알았다. 주인."

주코가 저주해제마법을 시전했다.

그러자 주변에서 그들을 잠식해 들어가던 저주의 기운이 흩어진다.

그리고 곧바로 유정상이 점프하며 몸을 회전시켰다.

그리고 새롭게 익혔던 반월광을 날렸다.

휘리리리릭.

초승달 모양의 빛이 빠르게 회전하며 하늘로 날아오더니 이어서 허공이 한 지점을 가격했다.

콰가가가강!

폭발이 일어나며 거대한 구멍이 생겨났고 이어서 그곳에 있던 검은 그림자가 휙 하며 사라진다.

유정상과 소환수들이 그곳으로 뛰어올라가자 새로운 공간이 나타났고, 그곳을 서둘러 빠져나가는 놈의 그림자도 언뜻 보인다.

서둘러 커서를 가져가 보았지만 어느새 몸을 감춘 그림자.

이네크의 걸음을 써서 녀석이 사라진 곳으로 달려가자 허공에 놈이 사라질 때 생긴 걸로 보이는 흔적이 남아 있었다.

커서로 그것을 다시 지정하자 사라졌던 통로가 새롭게 생성된다.

유정상은 망설이지 않고 바로 그곳으로 뛰어들었다.

그러자 눈앞에 잔디가 깔려 있는 넓은 지역이 펼쳐졌다.

아주 멀리까지 쭉 둘러보니 성벽으로 둘러싸인 성내의 잔디 마당이었다.

하지만 거인들이 지내던 곳이라 그런지 그 넓이가 엄청나고 땅에는 높낮이가 다양한 굴곡이 져 있어서 마당이라

기보다는 잔디 동산 같다.

그런 곳에서 놈의 움직임이 포착되었다.

그놈은 더 이상 물러 날 곳이 없다고 판단한 것인지 한쪽 구석에서 제대로 자세를 잡고는 마나의 에너지를 모으며 알 수 없는 주문을 중얼거리고 있었다.

그리고 그 주문이 완성되자마자 땅속에서 모습을 드러낸 거대 언데드 몬스터.

"크우우우우우!"

아마도 거인의 시체로 만들었을 거라고 추정되는 거인 좀비와 거인 스켈레톤 20여 마리가 엄청난 기세를 내뿜으며 유정상에게 다가왔다.

"뱀파이어 10기 소환!"

[군주 포인트 1,000점이 소모됩니다.]

유정상 근처에 검은 망토의 뱀파이어 10기가 소환되었고, 곧바로 그들이 적들을 향해 날아오른다.

그리고 검은 칼을 뽑아들고 동시에 얼음 마법을 난사하며 주변으로 다가오던 거대 언데드들을 공격했다.

그 모습을 지켜보던 그림자가 갑자기 부르르 떨더니 다시 어딘가로 이동하려는 기색이 보이자 유정상은 재빨리 녀석을 커서로 붙들었다.

"크억!"

갑자기 알 수 없는 힘에 의해 제압당하자 놈이 당황하며 발버둥 친다.

그러나 유정상이 놈을 끌고 오려 하자 녀석이 몸이 마치 소멸해 버리는 것처럼 서서히 사라진다.

스스로 자신의 몸을 분해시켜서 커서로부터 도망치려 한 것이다.

무슨 비장의 한 수를 쓴 것 같았지만, 그럼에도 불구하고 유정상의 감각만큼은 벗어나지 못했다.

유정상은 놈의 그림자가 다시 모이는 장소를 느끼고는 바로 그 자리에 폭격펀치를 날렸다.

콰가가가가가.

"으아아악!"

느닷없이 떨어져 내리는 강력한 에너지파에 공격당한 녀석이 비명을 질렀다.

그러나 유정상은 그런 것에는 신경 쓰지 않고 이어서 두 번째 폭격펀치를 날려버렸다.

다시 한 번 울리는 비명소리와 함께, 유정상의 뱀파이어들과 싸우던 거대 언데드들이 힘을 잃고 풀썩풀썩 쓰러지기 시작했다.

그러는 동안 산제이는 그림자가 쓰러진 장소에 다가가서는 바닥에 감금의 마법진을 만들어 버렸다.

그 감금 마법진은 처음 산제이가 유정상을 만났을 때 사용했던 마법진으로 그의 창조자 지노 알바레스가 산제이의 몸에 새겨준 능력이었다.

감금의 마법진에 갇히자 그제야 그림자의 정체가 확실하게 드러났다.

놈의 정체는 낡은 로브를 뒤집어쓰고 있었지만 그 안에는 이미 육체는 썩었고 백골만 남은 존재.

바로 리치였다.

녀석이 마법진에 갇혀 있는 상태에서 뼈밖에 남지 않은 얼굴을 드러내더니 유정상을 바라보며 말했다.

"대단한 인간이군."

표정을 읽을 수 없는 얼굴로 계속 지껄인다.

"인정해주지. 날 이렇게 궁지에 몰아넣은 인간은 네가 유일하다."

"그렇게 말해봐야 별로 자랑스럽진 않아."

"하지만 이게 한계다. 인간."

"뒈지고도 그런 말이 나올까?"

그렇게 말하며 해골머리가 이빨을 딱딱거리며 웃는다.

"끌끌끌. 방금 저 녀석들이야 다급하게 소환한 놈들이기에 잠깐 나와의 연결이 끊겨서 멈출 수 있었겠지만, 어차피 소환진을 이용해서 만든 다른 언데드들은 내가 죽기 전엔 절대 이동을 멈추지 않는다. 너는 나를 잡아도 아무것도 할 수 없어."

그 말이 떨어지기가 무섭게 마법진 위에 붙들려 있던 녀석의 머리 위로 거대한 주먹모양의 기파가 떨어졌다.

콰아아앙!

거의 박살이 나다시피 한 상태가 되었음에도 녀석의 기괴한 웃음소리가 계속 들려왔다.

"끌끌끌."

콰아아아앙.

다시 한 번 주먹기파가 떨어지며 폭발하자 놈은 거의 너덜너덜해진 걸레조각이 되어 버렸다. 그럼에도 리치의 음산한 웃음소리는 그치지 않았다. 아마도 놈이 방어를 하지 않으니 물리적인 공격에는 면역이 되어버린 것 같았다.

"끌끌끌끌."

"주인, 소용없다. 놈은 리치야. 놈에게 직접적인 타격만으로 죽이는 건 불가능해."

주코가 소리치자 그제야 공격을 멈춘 유정상이 주코를 바라본다.

유정상도 공격이 전혀 통하지 않는 것을 보면서 슬슬 그렇지 않을까 하고 생각하는데 마침 주코가 확인을 시켜준 것이다.

"저놈은 '라이프 베슬'을 제거해야 완전히 소멸한다고."

"그게 뭔데?"

"놈의 진짜 생명이 담겨있는 구슬이야. 그것을 어딘가에 숨겨뒀을 거라고."

"끌끌, 역시 마계출신 노예 놈이라 그런지 잘 알고 있군."

"노예 아니거든!"

"큭큭, 이젠 인간의 노예로 전락했군."

주코의 반발에 놈은 더 크게 웃음을 터트리며 주절거렸다. 그 때문에 녀석을 노려 본 주코가 이를 악물더니 한층 더 사악해진 표정으로 유정상에게 다가와서 조그맣게 소곤거렸다.

"라이프 베슬은 보통 아공간에 숨겨둔다고, 커서를 이용해서 찾아봐."

주코의 말에 형체를 거의 알아볼 수 없을 정도였던 리치의 눈이 살짝 꿈틀했다. 하지만, 그것도 잠시였다. 그런 것을 알아봐야 할 수 있는 일 따윈 없을 것이기 때문이다.

"아공간?'

"응. 내가 알기론 그래. 아공간이라는 것은 원래 찾는 게 불가능한 종류의 것이지만 그래도 커서라면 혹시 모르니까."

그 말에 유정상이 얼른 커서를 움직여서 놈의 주변을 샅샅이 수색하기 시작했다. 아공간이라면 인벤토리와 같은 원리일 테니 녀석의 주위에 그 입구가 있을지도 모른다고 판단한 것이다.

그렇게 커서를 가지고 주변을 훑어나가자 뭐가 이상한 것이 감지되었다. 주변과는 조금 다르게 커서에 의해서 한 덩어리로 지정되어지는 공간을 발견한 것이다.

"여기 있군."

그렇게 말하며 커서를 그곳에 푹 찔러 넣었다. 그러자 아공간으로 짐작되는 장소로 사라진 커서가 곧 뭔가를 붙들고 나왔다.

좌르르르르.

보석류가 허공에서 바닥으로 마구 쏟아져 내린다.

"헉!"

리치가 그 모습을 보고 깜짝 놀라서 헛바람을 집어삼킨다. 설마 감춰진 아공간의 입구를 강제로 열 수 있는 능력이 존재하리라고는 상상도 하지 못했던 것이다.

"젠장, 이게 아닌가?"

귀한 보석들이 잔뜩 쏟아지고 있었음에도 그런 것에는 관심을 보이지 않던 유정상이 다시 커서를 아공간으로 밀어 넣었다.

지금은 놈의 라이프 베슬을 먼저 찾아야하는 게 급선무다.

이내 뭔가 둥근 느낌의 물건이 커서를 통해 유정상의 감각에 잡히자 그것을 잡고 끌고 나온다. 그리고 동그랗고 반투명한 구슬 같은 것이 바깥으로 모습을 드러내었다.

"허억! 어, 어떻게……?"

놈이 비명을 지르며 얼마 남지 않아서 제대로 움직이지도 못하는 몸뚱이를 가지고 필사적으로 버둥거렸다.

아공간은 처음부터 자신에게 등록된 공간. 그런 곳이 남에 의해 발견되는 것도 말이 되지 않는데 그것도 모자라

아예 털려버렸다.

어떤 놈에게도 자신의 라이프 베슬은 안전할 것이라 믿었던 놈의 남은 뼈다귀 턱이 덜덜 떨렸다.

"이게 그 라이프 베슬이란 건가?"

"몰라, 나도 한 번도 본 적은 없으니까."

주코가 신기하다는 표정으로 바라보며 대답하는데 리치가 거의 다 조각난 몸으로 비명을 지르듯이 대답했다.

"아니다, 그건 아니야."

"뭐래는 거야?"

"그…… 그건 절대 네놈이 찾던 물건이 아니야."

"그래? 그럼 아무 필요도 없는 물건이군."

"자, 잠깐! 사, 사실을 이야기하지. 구멍을 뚫은 건 내가 아니……."

콰아앙.

유정상이 녀석의 말을 건성으로 들으며 구슬을 주먹으로 내려치자 허무하게 폭발해 버렸다.

그리고 구슬이 폭발함과 동시에 놈이 비명을 질렀다.

"크아아악!"

처절하게 들리는 비명소리와 함께 얼마 남지 않은 놈의 몸뚱이에 엷은 빛이 어리더니 곧 검게 변해버리며 바스라졌다.

그 모습을 본 주코가 고개를 갸웃거리며 머리를 긁적였다.

"놈이 방금 뭐라 지껄인 것 같았는데……?"

"그랬냐? 난 못 들었는데."

그렇게 말한 유정상이 녀석이 사라진 자리를 살피자 놈의 아공간에서 잔뜩 끌려 나와서 쌓여 있는 보석들을 제외하고도 금괴 여러 개와 브릴륨 조각, 그리고 이런저런 잡템들이 떨어져 있었다.

놈을 죽이자마자 아공간에서 느껴진 어마어마한 느낌을 기억하며 다시 커서로 그곳을 뒤졌다. 하지만 어쩐 일인지 아무것도 걸리는 느낌이 없다.

"어? 어디로 갔지?"

"저기, 주인. 소용없다."

"……?"

"아공간은 본래의 주인이 소멸하면 같이 사라지게 되어 있어."

"……!"

"아공간이라는 것이 생명과 함께 이어진 거라……."

"너 이 새끼 그걸 이제야 알려 주냐?"

"얼레? 왜? 아야!"

잠시 동안 주코와 푸닥거리를 하고 난 뒤 아쉬움에 입맛을 쩝쩝거리던 유정상이 남은 잡템들을 수거하기 시작했다.

그런데 잡템들 사이에 처음 보는 푸른빛의 구슬이 놓여 있었다.

얼핏 보면 클린볼과 조금 닮긴 했지만 품고 있는 기운을 보면 또 전혀 다른 종류로 보인다.

[코즈믹 컴패스]

커서로 지정해 보아도 그저 그 이름뿐이었고 사용법이나 성능과 같은 별다른 설명은 없다.

모든 물건들을 확인한 유정상이 살짝 실망한 표정으로 말했다.

"어쨌건 코드의 조각이라는 건 없네?"

최종 보스라고 생각한 녀석을 완전히 소멸시켰음에도 '코드의 조각'은 발견되지 않았다.

꼬여 버린 상황 때문에 유정상의 미간이 좁혀졌다. 곧 커서를 확인해보니 커서는 더 이상 아무런 방향도 가리키고 있지 않았다.

"끝난 거 아니야?"

머리에 잔뜩 생긴 혹을 더듬거리던 주코가 살짝 움찔거리며 말했다.

"코드의 조각을 발견한 게 아니니까, 미션은 전혀 끝난 거라고 할 수는 없지. 거기다 던전의 심장에 코드의 조각을 맞추랬잖아."

"하지만, 커서 녀석은 아무런 방향을 지정하지도 않고 있는데?"

"그러니까 나도 지금 곤란해 하고 있잖아."

"흐음, 어쩌면 애초에 이 던전에는 그런 게 없었던 거 아닌가?"

평소에 커서를 못마땅하게 생각하던 주코답다는 생각에 유정상이 고개를 절레절레 흔들었다.

어쩌면 진짜 다른 던전에서 구해 와야 하는 건 아닐까 하는 생각도 얼핏 들었지만 아무래도 그럴 가능성이 너무 낮아 보였다.

"일단 코드의 조각부터 찾아야 해."

그때 갑자기 성 전체가 무섭게 흔들리기 시작했다.

쿠르르르르르르.

"어, 뭐야? 지진인가?"

그런데 곧 흔들림이 멈추더니 바닥이 쑥 꺼지는 기분에 모두가 깜짝 놀란다.

마치 고속 엘리베이터를 탄 기분이었다.

주코가 놀라서 주변을 두리번거리다 급히 성벽 쪽으로 날아올랐다. 그리고 소리쳤다.

"이곳으로 올라와봐!"

유정상과 백정, 산제이가 몸을 날려 성벽으로 올라갔다. 일반적인 성이 아닌 거인이 건축한 건물이라 성벽도 어마어마하게 높았지만 이동의 팔찌를 이용하는 유정상에게 그리 어려운 일은 아니었다.

빠르게 몸을 날려 성벽에 올라선 유정상이 얼른 주코가

가리키는 바깥쪽을 내려다보았다.

그러자 무섭게 치솟아 오르는 아래의 배경이 언뜻 눈에 들어왔다.

어쩐지 자꾸 바닥으로 떨어진다는 기분이 들더니 성이 바닥을 향해 빠르게 떨어지고 있었던 것이다.

"탈출해야겠다! 주코! 백정!"

유정상의 외침에 주코가 잔뜩 찌푸린 얼굴로 산제이를 들어 올리며 비행마법을 썼다. 그리고 백정도 유정상을 붙들고 날아올랐다.

허공에 그들을 남겨둔 거대한 성이 무서운 속도로 바닥을 향해 추락해가고 있었다.

곧 엄청난 굉음을 뿌리며 파괴될 거라 생각하며 아래를 내려다보는데 어느새 성의 추락속도가 늦춰지고 있었다.

"뭐, 뭐야?"

의외의 상황에 유정상이 황당해 하는데 어느새 늦춰지던 성이 바닥에 사뿐히 내려앉는다.

쿠웅.

잠시 그것을 바라보던 유정상 일행은 천천히 아래로 하강하다가 다시 원래 있던 성벽 위에 착지했다.

"뭐지? 이곳에 마법이 아직 작용하고 있는 거냐?"

"글쎄, 나도 이런 건 처음 보는 상황이라서."

"주인, 뭔가 엄청 신기하다!"

유정상과 주코는 황당해하며 놀라는데 어쩐지 산제이만 혼자 즐거워하는 음성이었다.

그런 산제이의 모습을 잠시 게슴츠레한 눈으로 바라보던 주코가 한숨을 쉬더니 곧 유정상을 돌아보며 물었다.

"주인, 이젠 어쩔 거야?"

"어쩌긴 이놈들부터 처리해야지."

"뭐?"

쿵쿵쿵쿵.

성안이 울리며 거대한 그림자들이 성벽 안쪽 마당으로 우르르 쏟아져 나온다.

놀랍게도 돌로 변해 버렸던, 성의 원래주인인 거인들이었다.

그중 병사 복장을 한 녀석이 성벽 위를 올려다보더니 유정상을 보며 소리쳤다.

"간악한 흑술사 놈!"

"뭐?"

유정상이 자신의 모습을 내려다보며 피식 웃었다.

"하긴, 이런 복장이라면 저렇게 불릴 만도 하지."

검은 로브가 흑마법을 부리던 리치와 비슷한 복장이었으니 그렇게 오해를 받아도 할 수 없는 일이었다.

어쨌건 소리친 병사 덕에 다른 거인들도 모두 유정상이 있는 곳을 올려다보더니 소리쳤다.

"죽여라!"

그리고 그 뒤쪽에선 활을 든 거인 궁사가 나타나더니 유정상을 향해 시위를 당겼다.

팟.

거대한 활이 공기를 가르며 유정상을 향해 날아온다.

가만히 있어도 맞히기 쉽지 않을 거라 생각했는데 꽤나 실력 있는 놈인지 정확히 그를 향해 날아들었던 것이다.

그것을 보고 유정상은 피식 웃더니 가볍게 주먹을 휘둘렀다.

콰아앙!

유정상에게 날아오던 거대한 화살이 주먹기파와 부딪치며 공중에서 폭발해 버렸다.

그 때문에 화살을 날린 거인 궁사가 잠시 당황한다.

그러나 곧 다른 거인 궁사들도 화살을 날리자 이번에는 한꺼번에 수십여 발의 거대 화살이 날아들었다.

모두 제법 정확하게 노리고 날아왔기에 일일이 쳐내기도 귀찮다는 생각에 몸을 날려 그것들을 피해냈다. 물론, 주코와 백정, 산제이도 이미 몸을 숨기거나 그 자리를 벗어나 있었다.

그 사이에 등장한 로브 차림의 거인이 지팡이를 뻗어 유정상을 가리키자, 공기의 일렁임과 함께 반투명의 물체들이 빠르게 날아들었다.

그러나 그 거인 마법사의 공격은 주코가 손을 뻗자 공중에서 터져나간다.

다른 거인 궁사들이 다시 화살을 날리자 유정상이 폭격 펀치를 시전하며 그것들도 부숴 버린다.

그 사이 하늘에서 빠르게 활강하며 떨어져 내리던 드레이크가 거인들을 향해 강력한 화염을 뿜어냈다.

콰아아아아.

결계 밖에서 대기 중이던 드레이크가 추락하는 성을 따라서 움직이다가 드디어 도착한 것이다.

그 때문에 거인 두 명이 그 불길에 휩싸여 비명을 지르며 쓰러진다. 그 때문에 거인 궁사들이 화살을 드레이크에게 집중했다.

그러나 드레이크는 회전비행을 하며 빠르게 성 뒤쪽으로 날아가 그들의 시야에서 사라져 버렸다.

유정상은 그 틈을 놓치지 않고, 그들 앞에 코드골렘 10기를 소환했다.

거인들의 크기에 절반도 되지 않는 코드골렘이었지만, 레벨이 월등히 높은 탓에 놈들 사이를 마구 누볐다.

덕분에 작은 덩치의 코드골렘들이 이쪽저쪽에서 화려한 몸놀림으로 움직이며 거인들을 쓰러뜨리는 장관이 펼쳐졌다.

그사이 유정상은 이동의 팔찌를 이용해 몸을 날려 성의 가장 높은 곳으로 날아올랐다.

그리고 드레이크가 날개를 퍼덕이며 유정상의 주위로 다가오자 얼른 몸을 날려서 드레이크의 등에 올라탔다.

그러자 산제이가 마치 그림자처럼 유정상을 따라서 몸을 날리더니 드레이크 등에 착지했다.

백정과 주코는 드레이크를 쫓아 하늘을 날아오른다.

아래를 내려다보니 엄청난 숫자의 언데드들이 모두 바닥에 쓰러져 검게 변했고 연기처럼 흩날리고 있는 모습이 보인다.

리치가 사망함으로 인해 녀석이 만들어냈던 모든 언데드가 한꺼번에 소멸하고 있는 것이었다.

일단 귀찮은 문제는 해결했으나, 코드의 조각을 찾지 못했으니 던전의 구멍을 막고 미션을 해결할 방법이 없다.

코드의 조각이 어디에 있는지, 아니 그게 뭔지도 알 수 없는 상황에서 무턱대고 던전을 돌아다니며 찾기는 무리가 있었다.

하다못해 힌트라도 있다면 모를까.

"응?"

힌트라는 단어를 떠올린 그 순간 머리를 스치는 생각이 있었다.

그리고 곧바로 인벤토리를 열었다.

[코즈믹 컴패스]

그냥 단순히 새로운 잡템 정도로 생각했던 푸른 구슬이 문득 떠올라서 꺼내 본 것이다.

어째서 이 타이밍에 갑자기 이 아이템이 생각난 것인지는 모르지만 어쩌면 이것이 바로 찾고 있던 실마리가 아닐까 하는 생각을 하게 된 것이다.

하지만 다시 확인해 보아도 여전히 이름을 제외하고는 아무런 정보가 없다.

이리저리 살펴보면서 커서로 클릭을 해봐도 아무것도 실행되지 않는다.

오른쪽클릭을 사용해 봐도 마찬가지.

"이거 어떻게 사용하는 거야?"

"그냥 잡템 아닐까?"

"그냥 잡템이라도 쓰임새는 있을 거 아냐."

"구슬치기용?"

딱!

"아야!"

꿀밤을 맞은 주코가 비명을 지르는데 동시에 유정상의 눈이 살짝 커진다.

"구슬치기……."

그렇게 중얼거리던 유정상은 곧 코즈믹 컴패스를 커서로 살짝 툭 쳐본다.

주코의 말을 들으면서 구슬을 때려서 충격을 줘 보면 어떨까 하는 생각이 든 것이다.

그러자 아주 잠깐 번쩍하는 빛이 사방으로 뿌려지다 사라진다.

"어?"

다시 구슬을 커서로 툭 쳐보자 똑같은 반응이 온다.

이번엔 좀 더 강하게 툭 쳐보자 역시 조금 더 강한 빛이 번쩍이며 사방으로 뿌려졌지만 찰나의 순간에 다시 사라져 버린다.

충격의 강도에 따라 반응하는 구슬…….

"그건가?"

"그거라니?"

"이거!"

그렇게 대답한 유정상이 공중으로 구슬을 던졌다. 그리고 커서를 빠르게 날려서 구슬에 때려 박았다.

빠각!

순간 공중에서 구슬이 부서지며 엄청난 빛을 터져 나왔고 동시에 푸른빛의 가루가 사방으로 뿌려진다.

"이, 이게 뭐냐?"

"내비게이션이겠지."

"그게 뭔데?"

"그런 게 있어."

피식 웃은 유정상이 푸른빛의 가루가 사방에 뿌려지며 사방으로 뻗어가는 입체지도가 펼쳐진다.

"코드의 조각이 어디 있는지 우리에게 보여줘 봐!"

유정상이 소리치자, 그 빛의 가루들이 비행중인 드레이크의 주변으로 흩어지더니 그 푸른빛으로 뒤덮인 주변의 풍경들 사이로 하나의 붉은 빛이 번쩍인다.

그것을 본 유정상이 소리쳤다.

"저기다!"

본능적으로 붉은 빛이 가리키는 것이 바로 목적한 물건이거나 혹은 그것이 있는 장소라고 생각한 유정상은 재빨리 그곳을 향해 방향을 돌렸다.

휘아아아아아.

드레이크가 빠르게 활강하며 그곳으로 미끄러지듯 떨어져 내렸다.

사방으로 뿌려졌던 푸른빛은 곧 기능을 잃고 사라졌지만, 이미 유정상의 디스플레이엔 그곳의 정확한 자리가 표시되어 있었다.

그리고 그 장소를 향해 다가가자 붉은 표시의 정체는 장소가 아니라 하나의 생명체라는 사실을 알게 되었다.

"인간인가?"

그렇게 생각하는 순간 번쩍하는가 싶더니 뭔가가 드레이크를 뚫고 지나간다.

"엇!"

순간 당황한 유정상.

너무나도 찰나의 순간에 지나간 빛이라 반응하지도 못했다.

"크어어어어!"

비명을 지르며 균형을 잃고 추락하는 드레이크.

그 때문에 산제이와 유정상이 드레이크 등에서 공중으로 몸을 날렸다.

이어서 드레이크가 피를 뿌리며 바닥으로 추락하자 유정상이 얼른 소환을 취소했다.

이미 회복하기 어려울 정도의 상처를 입은 것 같았기에 굳이 고통을 받으며 이곳에 있을 필요가 없다고 판단했다.

그리고 드레이크가 사라지는 것을 확인한 유정상이 분노한 표정으로 곧 몸을 돌려 정체불명의 놈을 향해 폭격펀치를 시전했다.

콰가가가가.

검은 형체의 녀석 머리 위에 무수한 기파가 쏟아져 내렸다.

하지만, 녀석의 기운은 전혀 약해지지 않았다는 사실을 느끼며 유정상은 연기가 피어오른 그 곳에 다시 버스터 펀치를 날렸다.

콰아아아아아앙!

엄청난 굉음과 함께 폭발이 일어났다.

그러나 자욱한 연기가 바람에 흩어지자 그 속에 옅은 빛이 보인다.

둥그런 형태, 그것은 실드였다.

유정상의 공격이 두 번이나 정확하게 들어갔음에도 놈에게는 전혀 타격을 주지 못한 것이다.

연기가 걷히며 검은 누더기를 뒤집어쓴 놈의 모습이 보였다.

일단 놈의 정체를 먼저 파악해 보기 위해 커서를 녀석에게 가져가자 놈이 주먹으로 쳐내 버렸다.

터엉!

그러나 다행히 업그레이드된 커서는 공격을 받아도 그저 조금 튕겨질 뿐, 이전처럼 유정상에게 대미지를 전달하거나 하지는 않았다.

물론 커서 자체의 방어력도 증가한 덕분에 잠깐 주춤거리는 움직임도 전혀 없었다.

유정상은 녀석이 커서를 정확하게 보고 쳐낸 걸로 보아 일단 마계 쪽 놈이라 판단했다.

"저 자식에게서 거북한 냄새가 나. 기분 나쁘게."

유정상에게 다가온 주코가 속삭이듯 말하고는 서둘러 옆쪽으로 물러난다.

녀석의 공격이 시작될지도 모른다는 생각에 자리를 잡은 것이다.

그때 산제이가 녀석을 향해 그림자 이동을 하며 기습적인 공격을 감행했다.

퍼엉!

순간 폭음이 들리면서 동시에 산제이의 몸이 공중을 날아가더니 바닥을 뒹굴었다.

하지만 산제이는 몸을 벌떡 일으키며 유정상에게 외쳤다.

"난 괜찮다, 주인!"

그 공격에 당했는지, 돌아보니 산제이의 오른팔이 이미 사라지고 없었다.

그럼에도 팔팔하게 움직이며 여전히 큰소리친다.

이미 소환수로 등록된 탓에 소환이 취소된 후에 다시 소환하면 떨어져 나간 팔은 다시 회복될 수 있다.

그렇게 생각하니 유정상은 자신의 산제이도 소환수가 된 것이 다행이라 생각했다.

그런데 바닥에 떨어진 산제이의 팔이 소멸하더니 잘렸던 오른팔이 새롭게 재생되는 게 아닌가.

녀석은 새로 생긴 팔을 이리저리 돌려보더니 고개를 끄덕인다.

그러고 보니 유정상도 산제이의 능력에 대해 아는 건 그다지 많이 없다고 생각하면서 피식 웃고 말았다.

하지만 저 놈을 상대하기엔 산제이만으로 부족하다는 건 확실하다.

주코와 백정도 녀석을 향해 공격하기 시작했다.

백정은 평상시처럼 근접전을 중심으로 날아들어서 빛의 검을 휘둘렀고, 주코는 녀석의 움직임을 봉쇄하는 마법으로 대응했다.

그러나 그런 시도들도 모조리 무위로 돌아가 버릴 정도로 놈은 막강했다.

콰아앙.

갑작스러운 반격에 두 녀석도 튕겨나갔다.

하지만 유정상에게 날아들었던 빛의 공격은 커서 방패에 의해 막혀 버렸다.

유정상은 곧바로 몸을 회전시키며 반월광을 날렸다.

휘리리릭.

놈에게 초승달 모양의 빛이 빠르게 날아갔다.

그러자 놈의 정면에 생성된 빛의 8각 실드 3개가 하나로 겹쳐지며 막아섰고 동시에 반월광과 충돌했다.

콰아앙!

두 개의 실드가 반월광을 막으면서 사라지기는 했지만 여전히 마지막 실드가 남아 있었다.

녀석은 유정상의 가장 강력한 공격의 충격 정도까지 순식간에 계산하며 그것을 막아버린 것이다.

"젠장, 저 놈은 도대체 뭐야?"

레벨이 100이상으로 올라간 이후로는 이렇게 유정상을 압도하는 녀석은 거의 만나지 못했다.

그런데 188레벨이 된 유정상을 상대로도 이렇게 여유가 넘치고 있으니, 놈이 차원이 다른 존재처럼 느껴졌다.

이번엔 녀석이 주먹을 둥글게 말아 휘두르며 유정상을 향해 뭔가를 날렸다.

그런데…….

쾅!

그것을 막아낸 커서 방패가 강력한 충격으로 인해 뒤로 밀렸다.

업그레이드 이후, 추가로 커서 방패까지 한 단계 더 업그레이드가 이뤄진 상황에서 이렇게 뒤로 밀릴 정도의 충격이 발생한 것은 처음이었다.

하지만, 유정상이 놀란 건 그것 때문이 아니었다.

놈이 방금 날렸던 공격이 바로 유정상의 새로운 공격 스킬인 반월광이었기 때문이다.

"저 자식, 지금 내 공격을 흉내 내고 있는 건가?"

유정상이 화가 나서 그렇게 외쳤지만 언뜻 보기에도 단순히 모양만 흉내 낸 것이 아니다.

커서 방패가 이렇게 충격을 받을 정도면 실제 반월광의 파괴력과도 비슷하다는 뜻이다.

반월광을 직접 사용하는 유정상이 누구보다도 그 엄청난 위력을 잘 알고 있었다.

그런 녀석이 이번에는 양손을 들어 올리자 동시에 반월광 두 개가 녀석의 양손에 만들어졌다.

유정상처럼 공중회전을 할 필요도 없이 그냥 가볍게 손바닥을 펼치는 것만으로 만들어 낸 것이다.

"젠장, 말도 안 돼."

너무나도 쉽게 반월광을 생성하는 상대를 마주하자, 유정상의 입장에서는 어이가 없어서 맥이 빠질 정도였다.

가볍게 두 개의 반월광을 만들어낸 놈이 다시 양손을 휘둘러 그것을 날렸다.

이번만큼은 커서 방패라 해도 꽤나 충격을 받을 것이 틀림지만 그렇다고 해서 피할 수 있는 방법도 없었다.

반월광에는 추격술이 걸려 있었기에 피하는 것도 쉽지 않았던 것이다.

반월광 공격이 날아들자 커서 방패가 다시 유정상 앞을 막았다.

콰앙! 콰앙!

폭발음이 들렸으나 커서 방패가 막은 것은 아니었다.

유정상은 놀란 눈으로 자신 앞을 막아선 기사를 바라보았다.

녹색의 빛이 전신에 도는 갑옷을 입고 있는 그 기사가 언제 갑자기 나타난 것인지 유정상은 미처 인지하지도 못했다.

녹색의 기사는 유정상 앞에 서서 검을 회전시키며 모든 공격을 막아내고는 곧 녀석을 향해 몸을 날렸다.

그러자 검은 누더기의 녀석이 조금 당황한 듯한 움직임을 보이다 곧 붉은 보석 조각 모양의 빛 덩어리를 마구 날렸다.

한 방에 드레이크를 소환 해제시켰던 그 공격이 분명했다.

하지만 그런 공격에도 녹색의 기사는 그 공격을 방패로 쳐내며 녀석들 향해 검을 휘둘렀다. 그리고 강력한 빛줄기가 채찍처럼 날아갔다.

놈이 상체를 비틀어서 그것을 간신히 피해했지만 머리 부분의 두건 일부가 잘려나가 있었다.

그러면서도 녀석은 녹색의 기사를 향해 빛 덩어리를 마구 뿌린다.

콰강! 쾅쾅쾅쾅!

능숙하게 방패로 막아내는 동작이 아주 자연스러우면서도 군더더기가 없었다.

움직임이 빠른 것도 있지만 그 절묘한 움직임에 지켜보는 유정상은 감탄이 나올 정도였다.

그런데 그때 검은 누더기의 녀석 목 쪽에서 찰나의 순간 반짝이는 것이 보였다.

유정상은 그것을 보자마자 뭔가 중요한 것이 틀림없다는 생각이 들었다.

순간 커서가 빠르게 녀석을 향해 움직였다.

놈이 녹색의 기사와 싸우느라 정신이 없는 틈을 노린 것이다.

엄청 빠르게 움직이고 있어서 정확하게 캐치하기가 어려웠지만 그래도 아주 짧은 순가 커서가 녀석의 목 부위를 스쳤다.

'잡았다.'

커서로부터 전해져오는 물건의 감촉이 느껴지자마자 동시에 확 잡아챘다.

그런데 녀석은 목걸이를 잃어버리자 화들짝 놀라며 유정상을 향해 다급한 느낌으로 하얀 빛의 검을 날렸다.

타앙!

커서 방패가 바로 그 공격을 막았지만 엄청난 충격에 살짝 빛을 잃었다가 겨우 다시 정상으로 돌아왔다.

유정상이 커서를 통해 획득한 녀석의 물건을 손에 쥐자 검은 누더기의 놈은 온몸을 부르르 떨더니 곧 몸이 하늘로 쏘아져가며 사라져 버렸다.

그리고 이어서 녹색의 기사도 그곳을 향해 날아오르더니 덩달아 사라진다.

"저 녀석들 도대체 뭐야?"

엄청난 놈들의 위엄에 당황한 주코가 아직 진정되지 않았는지 놀란 눈을 한 채로 그렇게 주절거리며 유정상에게 다가왔다.

하지만 유정상은 주코의 말은 들리지도 않는지 그저 자신의 손 위에 있는 이상한 형태의 금속조각을 바라보면서 커서로 확인했다.

[코드의 조각]
[던전의 심장에 가져가 코드의 조각을 맞추면 던전이 정상화 될 것이다.]

그럴지도 모른다고 생각하기는 했지만 유정상은 어쩐지 진짜 코드의 조각을 확인하고 나니까 좀 허무한 기분이었다.

"이게 코드의 조각이야? 생각보다 그냥 잡철로 만든 기계 부품같이 생겼네."

"원래 대단한 것들도 알고 보면 별거 없는 게 많아."

"네 말이 맞다."

주코의 말에 싱긋 웃으며 대답한 유정상이 다시 커서의 방향을 확인하며 이동했다.

다음 목적지는 던전의 심장이었다.

커서가 가리키는 방향을 향해 달려간 유정상은 잠시 후에 화살표가 바닥을 가리키고 있는 장소에 도착했다.

심장부라고 하더니 땅 속에 있는 것 같았다.

유정상은 곧바로 코드 코드 자이언트웜 한 마리를 소환했다.

이어서 눈앞에 소환된 녀석이 유정상의 명령에 따라 땅속으로 파고들어갔다.

녀석이 거대한 땅굴을 만들며 땅속으로 뚫고 들어가자 유정상 일행은 편안하게 그 뒤를 따라 들어갔다

얼마의 시간이 지나지 않아 곧 커다란 동공에 도달했다.

커다란 돔 형태의 공간이었는데 그 한가운데에는 거대한 빛의 구슬이 자리하고 있었다.

유정상이 가까이 다가가서 바라보니, 그 빛의 구슬은 좀 불안정한 느낌으로 울렁거린다.

커서를 이용해 코드의 조각을 집어 든 유정상이 빛의 구슬에 가까이 가져다 대자 그 주위로 복잡한 설계도면 같은

것이 허공에 떠오른다.

　복잡하게 얽혀 있는 부속들 사이로 딱 코드의 조각이 들어갈 만한 빈 공간이 눈에 띄었다.

　코드의 조각을 그 빈자리에 끼워 넣자 불안정하게 울렁거리던 빛의 구슬이 강렬한 빛을 뿜더니 곧 안정화되기 시작했다.

❖　❖　❖

　소방대원 몇 명이 무너진 건물더미를 치우는데 한 대원이 문득 머리를 들어 하늘을 보다가 깜짝 놀라서 외쳤다.

　"아, 던전이 사라졌다!"

　그의 말에 모두 한 방향을 바라보며 말했다.

　"뭐?"

　"정말이네."

　"됐어, 빨리 장비들을 투입해!"

　도시에 나타났던 엄청난 숫자의 언데드들이 갑자기 쓰러지며 검은 재로 변해 사라지자 처음엔 모두 얼떨떨해 했다. 하지만, 시간이 지나도 더 이상 몬스터들이 나타나지 않음을 확인한 긴급 재난 팀들은 본격적으로 인명구출과 긴급 복구 작업에 착수했다.

　던전이 생겨나고부터는 갑작스런 재난상황이 자주발생한 탓에 이렇게 재난에 대해 가장 빠르게 투입되던 소방관의 숫자도 가장 많이 늘었고 재난 전담팀도 신설해 빠르게 대처하고 있었다.

그래서 일단 사건이 발생하면 군을 먼저 투입하고 전투가 끝나면 소방관과 재난 대책팀 위주로 대규모의 구조원들이 투입되는 것이다.

그렇게 많은 수의 구조원들이 각종 장비를 이용해 재난 복구를 하고 있는데 던전 근처에서 작업 중이던 구조원 몇 명이 던전이 사라진 정황을 가장 먼저 알아차렸다.

그리고 곧바로 긴급배선으로 연결된 유선 전화기로 연락을 넣자 최신형 장비를 탑재한 차량들이 몰려들어왔다.

전자장비가 없는 구형 장비는 뒤로 빠지고 신형 장비가 들어오자 복구 작업에도 탄력이 붙었다.

그 와중에 소식을 들은 각성자들이 던전이 있던 장소 쪽으로 몰려들었다.

언제 다시 던전이 생겨 몬스터가 생겨날지도 모르니 만약을 대비하기 위함도 있었다.

그리고 그곳에 온 많은 각성자들 사이엔 옥타비아와 네스터도 포함되어 있었다.

"블랙로브는 괜찮을까?"

"아마도요."

"던전이 사라졌잖아."

"입구가 사라진 거지, 던전 자체가 사라진 건 아니니 괜찮을 거예요."

옥타비아의 말에 네스터도 살짝 안심을 하면서 물었다.

"미래가 보인거야?"

"그건 아니에요."

당연히 미래를 읽고 말하는 것이라고 생각했는데 의외의 대답에 네스터는 어리둥절한 표정이 되어서 다시 물었다.

"그럼 맹목적인 믿음?"

"……."

옥타비아가 아무런 대답이 없자 네스티는 문득 그녀의 지금 마음이 어떤지 알 것 같았다.

사실 괜찮을까라고 블랙로브를 걱정하는 그였지만, 그가 어떻게 될지도 모른다는 생각은 추호도 갖지 않았던 것이다.

"후후후."

"왜 웃죠?"

"아니, 아무것도. 그보다 그냥 웃기만 했는데 이렇게 흥분하다니 어쩐지 옥타비아답지 않은데?"

"놀리지 마세요."

두 사람이 그렇게 대화하는 사이 많은 수의 헬기들이 그들이 있는 상공에 나타났다.

대다수는 군용헬기와 구조헬기였는데, 목적은 모두 사상자 구조였다.

그런데 그런 헬기 주변에 또 다른 목적을 가진 헬기들이 나타났다.

사상자 구조에는 전혀 관심이 없이 이리저리 움직이고
있는 그들은 각종 방송국에서 나온 헬기들로 지금의 이 상
황을 실시간으로 보도하고 있었던 것이다.

　　그리고 어느새 방송 차량들도 군인들과 구조대원들이
있는 곳 근처 외곽까지 들어와 생방송을 시작하고 있었
다.

　　"젠장, 저것들 통제 좀 하라고!"

　　"쓰레기 같은 것들, 오로지 특종을 잡겠다는 것에만 열
을 올리고 있는 주제에 국민의 알 권리가 어떻고 지껄이며
이렇게 방해만 하다니."

　　많은 수의 헬기와 장비들이 분주한 곳에 떠 있는 헬기가
못마땅한 관계자들의 투덜거림이 들려왔다. 하지만, 그들
의 말대로 방송국의 헬기를 통제할 그 어떤 힘도 그들에겐
존재하지 않았다.

　　"더 빨리 갈 수 없어요?"

　　"이미 최고속도요. 더 재촉하지 마시오."

　　"돈을 더 줄게요."

　　"젠장, 돈이 문제가 아니라니까."

　　"조금만 더 빨리 가줘요!"

　　헬기 안에서 자그마한 소란이 있었다.

아시아의 조그만 나라에서 온 동양인 여자가 자꾸만 비행을 재촉하고 있었고, 그런 행동이 마음에 들지 않은 조종사가 인상을 팍 구겼다.

"제길, 내 비행이 맘에 들지 않으면 이곳에서 그만 내리시던가."

"돈을 두 배로 냈다고요! 거기다 더 준다고 하잖아!"

"나도 위험을 감수하고 온 거잖아! 돈이 아무리 좋아도 목숨과 바꿀 생각은 없어!"

"남자가 쩨쩨하게!"

"여기서 남자가 왜 나와! 남잔 다 죽을지도 모르고 뛰어드는 미친놈이어야 한다는 뜻이야?"

그들의 싸움에 머리가 지끈거린 카메라맨이 한숨을 쉬고는 두 사람을 말렸다.

"현아 씨, 이제 다 와 간다고 하잖아, 그러니까 너무 흥분하지 마. 헬기에서 소란피우면 체포될 수도 있다는 거 몰라?"

"여기 방송국들은 이미 근처에 대기하고 있을 거라고요. 빨리 가야 우리도 방송으로 사용할 분량을 찍을 수 있을 거 아니에요!"

맞는 말이기는 하지만 그녀의 진짜 목적은 오로지 블랙로브를 직접 보겠다는 일념뿐임을 카메라맨인 박성호가 모를 리 없다.

그러나 굳이 그런 이야기를 꺼냈다가는 또 무슨 봉변을 당할지 모르기 때문에 모른 척 그저 그녀의 말에 어색하게 웃을 뿐이었다.

"여긴, 한국이 아니잖아. 아마 타국의 방송국 촬영 팀으로는 우리가 가장 빨리 도착하는 걸 거야."

"그런 건, 의미 없어요. 시청자가 그런 걸 일일이 감안하고 시청하는 건 아니니까요."

"그야 그렇지만."

"그러니까 빨리……."

"저, 저기 보세요!"

카메라맨 옆에 있던 가이드가 망원경을 들고 이리저리 살피다 소리를 질렀다.

그 소리에 싸우던 소리가 잦아들며 그가 가리킨 방향으로 일제히 고개가 돌아갔다.

그들이 돌아보니까 멀리 던전이 사라졌다던 장소에 다시 검은 구름이 생성되며 스파크까지 일었다.

"젠장, 다시 던전이 생기는 건가? 빨리 이곳에서 벗어나야 해!"

던전이 생기면 전자기기가 이상을 일으켜서 헬기가 추락할 수도 있기 때문이었다. 조종사가 그렇게 급히 헬기를 돌리려는데 다시 가이드가 소리쳤다.

"뭔가가 떨어져 내렸어요! 사, 사람 같은데?"

"뭐?"

그리고는 곧 파직하며 스파크가 다시 일더니 허공에 생겼던 검은 구름이 사라져 버렸다.

"엇, 다시 구멍이 사라졌어요!"

"이리 줘봐!"

가이드의 망원경을 뺏은 고현아가 망원렌즈를 통해 그곳을 살핀다.

그러자 그곳에서 떨어진 사람 형상이 건물 옥상을 넘으며 빠르게 이동하는 모습이 보였다.

"저거, 찍어요!"

"응?"

"빨리!"

"아, 알았어!"

날이 선 그녀의 목소리에 당혹스러운 음성으로 대답한 카메라맨 박성호는 고현아가 바라보는 곳으로 카메라를 향하고 급히 촬영을 시작했다. 그가 카메라로 잡은 존재를 확인하기 위해 최대한 줌을 당기자 검은 그림자의 윤곽이 드러나면서 그 정체도 확인할 수 있었다.

"저, 저거, 블랙로브 아니야?"

망원경으로 확인한 고현아는 눈치 채지 못했지만, 고가의 방송장비가 가진 줌 기능으로 확인한 영상에서는 정체불명의 인물이 블랙로브임을 확인할 수 있었다.

카메라맨의 말을 들은 고현아는 곧바로 카메라와 연동시킨 모니터를 켜 그것을 확인하고는 눈이 부릅떠졌다.

"블랙로브에요!"

"제, 젠장. 엄청 빠르네. 화면으로 쫓는 것도 쉽지 않아."

두 사람이 흥분해서 말하는데 조종사가 다급한 음성으로 외쳤다.

"헬기 돌려야 해!"

"던전 닫혔잖아요. 괜찮은데 왜 그래요?"

"또 열릴지 어떻게 알아!"

"세 배 줄 테니까, 그 망할 놈의 입 좀 다물어!"

"……."

세 배라는 말 때문이었는지 아니면 여자의 기세에 눌린 것인지 조용해진 조종사가 더 이상 방향을 바꾸지 않고 그녀가 가리키는 방향으로 비행했다.

❖ ❖ ❖

던전에서 빠져나온 유정상은 빠르게 이동하다가 비교적 조용한 자리에 멈추었다.

헬기 하나가 자신이 이동하는 방향을 쫓아온다는 것도 모른 채 느긋하게 도시 주변을 살폈다.

리치를 처치하고 난 탓인지 옥상 위를 돌아다니며 살펴봐도 언데드는 보이지 않는다.

지구를 침범한 녀석들도 모두 리치가 만들어낸 녀석들이라 그런지 놈이 죽자 같이 소멸한 모양이었다.

"뭐, 이렇게 되면 이번 건도 대충 해결이 된 건가?"

혹시나 하는 마음에 인벤토리에 넣어둔 휴대폰을 꺼내

77

실시간으로 생성되는 뉴스들을 확인해보니 많은 구조대가 투입되어 도시에서 구조작업을 벌이는 내용과 긴급출동했던 군부대들이 이젠 여유로운 표정으로 거리를 정리하는 사진이 올라와 있었다.

확실히 재해 대응만큼은 최강대국답게 신속하다는 생각을 하며 감탄하는데 그때 휴대폰으로 옥타비아의 문자가 들어왔다.

−헬기 하나가 당신을 추적하고 있는 것 같아요.

그 말에 미간을 찌푸린 유정상이 고개를 들어 하늘을 살피자 먼 곳에 헬기 한 대가 자신이 있는 방향으로 날아오는 게 보였다.

커서를 가져가 확대해보니 창문에는 방송용 카메라가 보인다.

"방송국인가?"

조금 귀찮다는 생각에 은신술을 펼치려하는데 갑자기 헬기에서 커다란 여성의 목소리가 들린다.

확성기를 사용해서 질러대는 소리였다.

"아, 아. 저기 들리세요? 들리면 손을 흔들어 주세요. 블랙로브!"

순간 들려온 한국어에 얼떨떨해진 유정상이 자신도 모르게 살짝 손을 들었다가 잽싸게 다시 내렸다.

평상시에도 각종 언어를 모국어처럼 자연스럽게 알아듣기는 하지만 한국어만큼은 필터를 거르지 않고 직접 귀로 들리는 덕분에 훨씬 자연스러운 느낌을 받은 것이었다.

그런 상황이었지만 어찌되었건 갑자기 자신이 지금 뭔 짓을 하고 있나 싶어 급히 손을 내렸는데, 다시 확성기 소리가 들린다.

"전, 한국의 JKBC 방송국에서 온 고현아라고⋯⋯."

고현아의 음성이 이어졌지만 이미 블랙로브는 모습을 감춘 뒤였다.

✛ ❖ ✛

JKBC의 '극한던전을 가다' 특집 생방송.

"미국 앨런타운에 나가있는 고현아 리포터와 연결하겠습니다. 고현아 리포터!"

같이 진행하던 고현아가 급히 미국으로 가면서 빠진 상황이라 지금은 김성우 앵커 혼자 방송을 진행하고 있었다.

그녀는 현재 김성우 앵커의 말처럼 리포터의 역할을 하고 있었다.

-네. 고현아입니다.

위성통신 특유의 한 박자 늦은 대답이 들려왔다.

"이번 앨런타운에 갑자기 나타난 던전에 블랙로브가 들어갔다는 사실은 이미 속보로 전해 드렸는데요, 조금 전 그의 모습을 촬영했다던데 사실입니까?

– 네, 그렇습니다. 일단 저희 촬영 팀의 영상부터 보시죠.

그녀의 대답과 동시에 흔들리는 화면이 잡혔다.

헬기에서의 찍은 영상이라는 것을 금방 알 수 있을 것처럼 흔들리는 공중촬영 영상이었다.

뭔가 큰일이 있었다는 게 느껴질 정도로 도시 곳곳에서 연기가 피어오르고 있었고, 꽤나 많은 건물들이 파괴되어 있었다.

지상엔 군인들로 보이는 사람들과, 녹색 줄무늬와 헬멧을 착용한 구조대원들이 분주하게 움직이는 모습이 먼저 보였다.

그리고 잠시 후, 급히 흔들리던 영상이 먼 곳 어딘가를 잡더니 줌으로 잡아당긴다.

그 화면 속에 자그맣게 잡히는 검은 그림자는 카메라의 흔들림이 멈추자 바로 사람의 형체라는 걸 알 수 있었다.

그는 인간의 움직임이라고 할 수 없을 정도로 빠르게 건물과 건물 사이를 뛰어넘으며 도시 위를 달려가고 있었다.

더욱 화면을 당기자 영상은 조금 더 흐려졌지만 검은 로브를 입고 있는 사람이라는 것을 분간할 수 있었다.

하지만 그가 굉장히 빠른 움직임으로 옥상 위를 이동해 가자 화면이 그를 놓쳤다가 잡기를 반복한다.

그리고 어느 순간 그가 멈추어 뭔가를 들고 확인하는지

아래를 내려다보는 모습이 보인다.

그때 카메라는 그가 있는 방향으로 빠르게 접근하면서 점점 화면이 선명해졌다.

블랙로브의 특징을 확실히 구분 지을 수 있을 정도로 선명해지자 그가 눈치를 챘는지 갑자기 화면 쪽으로 고개를 들어 바라본다.

그때 주춤하던 그가 손을 살짝 들더니 잠시 후 몸이 꺼지듯 사라져 버렸다.

"확실히 블랙로브군요."

– 이곳에서 블랙로브의 모습을 근접촬영한 유일한 영상입니다.

"과연, 그곳에서 성과가 있었네요."

– 맞습니다. 이곳 앨런타운에서 사건이 발생한 것도 만 하루가량이 흘렀는데요. 그동안 이곳에 투입된 인원만 해도 군 8,000명과 구조대원이 3,200명입니다. 아직 미국정부의 집계가 발표되지 않아 정확한 인명피해는 알려지지 않았지만, 대략 1천여 명의 사상자가 발생한 것으로 파악되고 있습니다.

"블랙로브에 대한 제보가 있었나요?"

– 네. 수십여 명의 일반인과 각성자들이 언데드 몬스터에게 포위되어 위기에 처했던 상황에서 그가 출현해 언데드 모두를 처리하고 급히 현장에서 사라졌다는 증언도 있었습니다.

"영상에선 화면에 손까지 흔드는 여유를 보이던데, 한국 방송이라는 걸 마치 알고 있었던 것처럼 보이기도 하네요."

– 네. 아마도 저희 방송 팀이 한국에서 왔다는 걸 알고 있는 것처럼 보여서 저도 기분이 좋았어요.

하지만, 김성우도 상황에 대한 뒷이야기를 모두 이미 전해들은 터라 그녀의 능청스러운 대답에 쓴웃음을 지었다.

물론 지금은 고현아의 단독 샷으로 자신은 화면이 잡히지 않고 있으니 지을 수 있었던 표정이었다.

커서 마스터

Cursor Master

2. 피라미드 던전

커서 마스터

Cursor Master

2. 피라미드 던전

─ 꽤 멋지게 나왔던데요? 손까지 흔들어 주시던 모습이 여유 있어 보였어요.

"뭐, 얼떨결에."

옥타비아의 전화를 받은 유정상이 입맛을 다시며 머리를 긁적였다. 그녀는 진심으로 말하고 있는 것 같았지만 그렇다고 그 순간의 민망함이 사라지는 것은 아니었다.

그녀는 그런 민망해하는 유정상의 반응을 눈치 채고 곧바로 본론을 꺼냈다.

─ 중국정부차원에서 미국헌터연합에 지원요청이 들어왔어요. 자존심 강한 중국으로서는 이례적인 일이죠.

"지원요청? 무슨 일이지?"

- 며칠 전에 중국 상하이에 생성된 미스터리 건축물 피라미드에 대해 알고 계실 거예요.

"응, 뉴스로 봤으니까……. 그런데?"

- 그 건축물의 입구가 던전이라고 하더군요.

"그렇겠지."

- 역시 당신은 이미 알고 계셨군요.

피라미드 건축물은 모르지만 아무래도 미래엔 비슷한 종류의 던전도 세계 곳곳에 나타났으니 당연히 유추할 수 있었다. 그래서 그런 뉴스를 보고도 특별히 동요하지 않은 것이니까.

다만, 자신이 알던 시기보다 일찍 생겨났다는 사실에 약간 당황하고 놀라긴 했었다.

실제로 피라미드 던전은 대략 10년 정도 후에나 등장해야 맞는 일이었고, 처음 생겨나는 장소도 중국이 아닌 러시아였으니까.

"그러니까, 그 던전 문제 때문에 중국이 자체 해결이 되지 않아 미국정부에 요청을 넣은 거라는 의미로군."

- 맞아요. 하지만 정확하게는 당신에게 의뢰를 넣은 거죠.

"응? 내게? 그런데 왜 미국에다 그런 얘기를 한 거지?"

- 이미 한국에도 요청이 들어갔던 것 같아요. 그런데 한국정부도 당신을 찾고 있는 모양이더군요.

그 말에 고개를 갸웃거리던 유정상이 '앗!' 하는 소리를 지르고는 방안 구석에 놓여 있던 휴대폰을 들어 확인해보니 배터리 방전으로 꺼져 있었다.

"어이구. 이거 휴대폰에 신경을 쓰지 않았더니."

그렇게 말하며 충전기를 연결하고는 전원을 넣었다. 그랬더니 엄청난 양의 문자가 들어와 있었다.

대부분 공지훈에게서 온 것이었고, 일부는 누나에게서 온 것들이었다.

공지훈의 문자를 확인해보니 역시 옥타비아의 말대로 한국정부의 요청이 있다는 이야기와 함께 '이렇게 계속 휴대폰을 꺼두다니! 역시 너답다.' 라는 글도 보인다.

"한동안 휴대폰 사용을 안 했더니, 연락이 왔었는지도 모르고 있었네."

– 이거 영광이군요.

"뭐가?"

– 한국정부도 접촉하기 힘든 인물과 이렇게 사적인 통화를 자주 하고 있으니까요.

"옥타비아 정도면 이쪽이 더 영광이 아닌가?"

– 어머, 설마요. 지금 블랙로브의 영향력은 감히 제가 비길 수 없을 정도라고요.

너무 자신을 띄어주자 어색해진 유정상은 가볍게 헛기침을 한 후에 곧바로 다시 원래의 이야기로 돌아갔다.

"미국헌터연합에선 당신과 내가 연락하고 있다는 걸 알고 있다는 뜻이군."

- 그건 아니에요.

"그럼 뭐 하러 미국에다 그런 걸 요청했지? 설마 미국은 몰라도 중국은 알고 있다는 뜻인가?"

- 아뇨, 아마도 지금 현재 당신이 미국에서 활동하고 있으니까, 추측으로 당신이 미국헌터연합과 모종의 관련이 있지 않나 짐작한 것일 거예요.

"그럴듯한 말이네."

그제야 중국정부의 행동을 이해한 유정상이 고개를 끄덕이며 수긍했다.

- 일단 전할 말은 다했어요. 이제 어쩌실 생각이세요?

"나, 말이야?"

- 네.

"글쎄, 일단 미국에 같이 온 친구랑 이야기를 해보고 판단하지."

❖　❖　❖

"어서와."

뉴욕의 최고급 호텔 라운지로 들어서는 유정상을 보며 손을 흔들어 보이는 공지훈.

그런 그에게 가볍게 인사한 유정상이 맞은편 의자에 앉았다.

뉴욕의 시내가 한눈에 보이는 곳으로 영화에서나 볼법한

그런 고급스런 곳이었다.

"히야, 요즘 얼굴보기 엄청 힘들다. 연락도 잘 안 되고 말이야. 뉴욕이 제법 네 취향에 맞는가봐?"

유정상을 보자마자 공지훈이 웃으며 이야기를 꺼냈다.

"너야말로 요즘 새로운 던전 식도락에 빠져 사는 거 아니야? 뭐, 맛있는 거 발견이라도 했냐?"

"하하하. 그 질문 안 하면 엄청 섭섭할 뻔했는데, 맞아. 뉴욕 인근에 있는 '안드라' 라고 5성급 던전이 있는데 말이야, 거기 레드 리자드라는 녀석이 있거든, 그 놈 진짜 맛이 대박이야. 아마, 그거 한 입이라도 먹어보면 다른 고기는 정말 먹기 힘들걸?"

던전을 무슨 식당 이름처럼 거론하면서 그렇게 한참을 식도락 이야기를 떠들던 공지훈이 유정상의 표정이 굳어감을 눈치 채고는 곧 본론을 꺼냈다.

"문자 확인해 봤어?"

"그래."

"어떡할 생각인데?"

"글쎄. 중국에서 요청이 들어왔다고 내가 꼭 가야하는 거야? 나랑 중국이랑 아무런 관계도 없는데."

"그야 그렇지. 그래서 중국에서도 처음 한국 쪽에 요청을 넣었다가, 제로그룹과 관련이 있다는 사실을 알고는 제로그룹 중국 지사에 꽤나 많은 중국정치 실력자들이 발걸음했나 보더라. 덕분에 형이 그룹 이사들에게 꽤나 시달리고 있다

더라고. 하지만 솔직히 말해서 형이 무슨 힘이 있어야 말이
지.”

그렇게 말하며 재미있다는 듯이 킥킥거리며 웃는 공지훈
이었다. 그의 행동을 보면서 유정상이 좀 어이없어 하는 표
정으로 물었다.

“너네 형이 시달린다면서 너는 그게 즐겁냐?”

“형은 좀 시달려야지. 맨날 그렇게 잘난 척하는데 말이
지.”

전혀 악의 없어 보이는 그 말을 듣고는 공지훈의 웃음이
그 나름의 형에 대한 애정표현이라는 것을 이해하면서 고
개를 끄덕인 유정상은 문득 누나 생각이 나서 말했다.

“누나가 요즘 꽤나 즐거워하더라고, 아마 살아오면서 그
렇게 즐거워한 누나를 본 것도 처음인 것 같더라고.”

“……?”

“네 덕분이다.”

갑자기 분위기를 잡고 인사하는 유정상의 말에 공지훈은
기쁜 표정으로 대답했다.

“아, 뭐, 그 정도 가지고. 뭘.”

별 거 아니라는 듯이 대답하고 있었지만 어쩐지 뿌듯해
하는 느낌이다.

그런 공지훈을 보면서 가만 놔두면 이야기가 자꾸 딴
길로 새버릴 것 같다고 느낀 유정상이 말을 바꿔서 물었
다.

"일단 던전에 대한 정보부터 확인하고 어떻게 할지 정하도록 하자. 혹시 걔들이 보내온 피라미드에 관한 정보는 없어?"

"아, 잠깐만."

그렇게 말한 공지훈이 전화를 걸어 앱 하나를 다운받더니 그것을 실행시키고는 유정상에게 내밀었다.

꽤나 많은 내용이 복잡하게 서술되어 있었지만, 대충 파악은 가능했다.

던전의 등급은 8성급 이상.

이미 중국에서 투입된 300이상의 헌터들이 의문의 실종을 당했다는 것.

투입되었던 헌터들은 4급 이상의 최정예였지만 단 한 명도 살아나오지 못했다는 것을 보아선 상당히 위험한 곳이라는 판단이 들었다.

피라미드는 어떠한 외부 충격에도 견딜 수 있도록 견고하게 지어져 있으며, 피라미드 주위엔 던전 에너지의 영향이 없다는 사실.

대체적으로 이런 내용들이었다.

내용을 훑어본 유정상이 고개를 들어 흥미롭다는 표정을 지었다.

"이거 꽤 재밌겠는데?"

"관심이 생긴 거야?"

"그보다 녀석들이 뭔가 내건 보상 같은 건 없어? 설마 공짜로 날 부려먹으려 하진 않았을 거 같은데 말이야."

"그랬다면, 애초에 이야기를 꺼낼 수도 없었겠지."

"풀어봐."

"20억 위안. 네가 받아들이면 전액을 수령할 수 있도록 세금은 따로 해결해 주겠다는데?"

20억 위안이면 대충 3,300억 정도다.

3,300억이면 엄청난 액수다. 거기다 세금은 따로 국가에 지불해 주겠단다.

"괜찮아 보이네. 일단 받아들여. 그리고 돈은 일단 네가 받아둬."

"알았어. 그리고 나도 개인적인 부탁 좀 하면 안 될까?"

"뭔데?"

공지훈의 표정이 진지하게 바뀌더니 말했다.

"나도 따라갈게."

"큭. 그래 알아서 해."

유정상은 살짝 인상을 찌푸리면서도 '먹는 것만 밝히는 식충이 녀석인 줄 알았더니 이놈도 헌터는 헌터인가 보다.' 라고 생각하며 고개를 끄덕였다.

유정상의 대답에 공지훈의 표정이 확 밝아졌다.

"고마워. 전용기 준비해 둘 테니까. 정해지면 연락 줘."

"그래. 알았어."

그렇게 대충 이야기를 마치고 공지훈과 헤어진 후 옥타비아에게 전화를 걸었다.

- 결정은 하셨나요?

"응. 참가하기로 했어. 피라미드에 대한 정보를 살펴보니까 조금 관심이 생겨서."

– 저희 미국에서도 30명 정도가 던전 공략에 참여할 예정이에요.

"꽤나 위험해 보이던데. 중국도 제법 큰 피해를 본 모양이던데?"

– 물론, 당신이 던전에 들어간다는 조건하에서의 참가신청이죠.

"뭐?"

– 당신이 들어간다면 가겠다는 헌터들이 제법 많았거든요. 특히 3급 이상의 최고위 헌터들 중에서 말이죠. 그들은 당신이 이번 피라미드 공략을 나선다면 꼭 가고 싶다며 참여를 요청했거든요. 물론, 이 문제만큼은 당신의 허락이 필요해서 이렇게 말씀드리는 거예요.

"난 아무도 신경 쓰고 싶지 않은데."

돈은 좋지만 그걸 조건으로 귀찮은 짓은 하고 싶지 않았다. 던전이라는 곳이 누굴 보호하면서 활동할 수 있을 정도로 만만한 곳이 아니기 때문이었다.

– 누구도 그런 것을 원하는 사람들은 없어요. 위험하다는 것도 알지만, 당신이 던전에 들어간다면 충분히 해볼 만하다는 게 그들의 생각이에요. 그냥 그들은 당신이 들어간 뒤에 따라 들어가기만 한다면 충분하다고 하니까.

옥타비아의 말을 들으며 유정상은 살짝 고민이 되었다.

괜히 귀찮은 일에 휘말리는 것이 싫었지만 그냥 따라 들어오겠다는데 그것까지 거절하기에는 명분이 좀 부족했던 것이다.

– 저희들도 그것에 대한 보상은 준비되어 있어요.

"보상이라고? 난 아무것도 안 도와줄 거라니까?"

– 괜찮아요. 도움을 바라고 드리는 게 아니라 뒤따라 들어와도 좋다는 허락에 대한 보상이니까요.

"보상은 뭐지?"

– 2억 달러.

2,000억이 넘는 돈이다.

이건 뭐 중국에서 제시한 던전 공략에 대한 보상과 비교해도 그 절반이 훨씬 넘는 금액이라 유정상도 깜짝 놀랐다.

"어째서 그렇게나 많은 돈을 제시하지?"

– 절반 이상은 이번 일에 참여한 헌터들의 개인 돈이에요. 사실 정부에선 그들이 가져온 정보에 대한 보상으로 5천만 달러를 제시했을 뿐이거든요.

"결국 참가하는 헌터들의 사비 1억 5천만 달러가 추가로 포함되었다는 거군."

– 그래요.

최상위 헌터들이라더니 모두 어마어마한 부자들인 것 같았다.

"부자헌터들의 유희에 대한 보상이라는 건가?"

– 호기심이라고 생각해 주세요.

"호기심에 대한 대가로 죽을지도 모르는데 돈까지 주며 나서는 이상한 인간들이군."

– 각성자들 중에는 의외로 그런 것에 신경 쓰지 않는 사람들이 많아요. 익스트림 스포츠를 즐기는 사람과 비슷하다고 봐야할 거예요.

예전의 유정상도 위험한 스포츠를 즐기는 사람들을 이해할 수 없었던 시절이 있었다. 그러나 따지고 보면 지금의 그는 그들과 비슷한 부류라고도 할 수 있었다.

– 어쨌든 그들에게 그리 큰 부담은 아니에요.

"그런가?"

– 어쨌든 허락하신 걸로 생각해도 되는 거겠죠?

"나야 손해 볼 건 없으니까."

– 맞아요. 아, 그리고 중국행은 저희가 따로 전용기를 준비해 드리죠.

"그만둬, 난 미국 헌터들과 어울리고 싶은 생각이 없으니까. 혼자가 편해."

– 걱정 마세요. 당신 혼자만을 위해 따로 준비할 테니까요. 다른 헌터들도 각자 개인 전용기로 갈 거예요.

"쳇, 역시 갑부들이라는 거군."

유정상의 말에 옥타비아가 웃으며 말했다.

– 당신보다는 못하겠지만요.

며칠 후 옥타비아가 준비해준 전용기를 타고 중국으로 향했다.

　　물론, 전용기엔 공지훈도 함께였다.

　　옥타비아가 꽤나 신경써준 탓인지 신형 전용기였는데 속도도 속도지만, 실내가 크고 꽤나 고급스러워서 호텔 같은 느낌이었다.

　　"이거 진짜 대박인데? 형껀 이거랑 비교하면 좀 빈티가 날 정도야. 이정도 비행기라면 얼마나 할까? 엄청 비싸겠지?"

　　"아마도."

　　공지훈도 이만한 신형 전용기를 경험하는 건 처음이었기에 그 고급스러운 실내에 감탄한 건 마찬가지였다.

　　그들이 타고 있던 비행기가 어느덧 중국 상공에 진입했고, 잠시 후 상하이 푸둥 공항에 도착했다는 기장의 안내 방송과 함께 전용기가 활주로에 안착했다.

　　공항에 도착하자마자 유정상은 미리 저장해 둔 적당한 얼굴의 동양인 얼굴을 사용해 얼굴에 커서로 붙여 넣었다.

　　그 모습을 본 공지훈이 입을 떡하니 벌린다.

　　그동안 유정상의 많은 능력을 보아온 그로서도 정말 기찬 능력이었다.

　　"너, 정말 감쪽같다. 이런 기술 나도 좀 알려줘."

"시끄러."

"너무하네. 이런 좋은 건 좀 나눠가져야지."

변장을 마치고 공항 밖으로 나가자 검은 양복을 깔끔하게 차려입고 사람 좋아 보이는 인상을 가진 30대 정도의 사내가 공지훈에게 다가와서 인사하더니 대기하고 있던 차량으로 안내했다.

벤츠 신형차량에 탑승하자 그들을 근처 상하이 최고급 호텔로 안내했다.

입구부터 돈을 퍼부어 만들어진 호텔이라는 걸 과시라도 하려는 듯 금장식의 분수대와 각종 문화재급 도자기가 널려 있었고, 벽엔 전 세계에서 사들인 엄청난 가격의 그림들이 진열되어 있었다.

"나도 이 호텔엔 처음인데, 정말 쩐다."

고급엔 익숙해져 있는 공지훈마저 연신 감탄을 멈추지 못할 정도로 엄청난 곳이었지만, 정작 유정상은 그런 물건들에 대해선 그닥 알지 못하는 관계로 무덤덤한 얼굴이었다.

그렇게 안을 둘러보고 있는데 호텔의 지배인이라는 사람이 다가와 그들을 직접 안내했다.

각자 개인 방을 따로 안내받은 후 유정상은 자신에게 배정된 호텔 최고급 룸으로 들어갔다. 그리고 그곳에서 여장을 풀고 서둘러 가짜 얼굴을 소멸시켜 원래의 얼굴로 돌렸다.

아직은 복사된 얼굴을 사용하는 데 익숙하지 않아서였다.

그렇게 샤워를 끝내고 거실 소파에 앉아 있을 때 공지훈에게서 전화가 왔다.

– 나 한국에 갔다 와야겠어. 그룹 행사인데 아버지가 참석하시는 거라 빠질 수가 없어서 말이야. 꼭 같이 가고 싶었는데.

"그래, 천천히 다녀와."

같이 가지 못한다는 것이 정말 서운한 것 같은 공지훈이었지만, 정작 혼자가 편한 유정상에게는 차라리 다행스러운 일이었다.

다음날.

유정상은 또다시 다른 얼굴로 위장하고는 호텔을 나섰다.

위장 얼굴은 커서를 한 번 클릭하는 것으로 쉽게 만들 수 있었기에 마치 스스로가 변신의 귀재라도 된 느낌이었다.

그 얼굴로 관광을 하며 도시를 돌아다니다 옥타비아로부터 새로운 문자를 받았다.

– 던전 인근에 모두 대기 중이에요.

유정상은 오늘 오전 중으로 던전에 들어갈 예정이라는 사실을 그녀에게 미리 일러두었었다.

옥타비아의 연락을 받고 짧은 관광을 마친 유정상은 다시 블랙로브를 전신에 착용하고는 은신술을 사용해 피라미드가 있는 도시에 들어섰다.

상하이에서 가장 높다는 상하이 타워의 꼭대기로 오른 그가 피라미드가 솟아나온 곳을 내려다보았다.

뉴스를 통해 봤을 땐 그리 큰 감흥이 없었는데 막상 직접 눈으로 보니 생각 이상으로 커다란 건물이었다.

뜬금없이 솟아오른 탓에 아직 그 피해를 제대로 복구하지 못해 주변이 엉망이긴 했지만, 그래도 처음 영상으로 보았던 모습에 비해선 꽤나 정리된 느낌이었다.

과연 중국은 뭘 해도 빠르다는 생각을 하며 주변을 살펴보았다.

던전 에너지가 미치지 않은 탓인지 피라미드 주위엔 몇 대의 헬기가 주변 상공을 날고 있었고, 피라미드 주위엔 많은 수의 차량들과 임시로 지은 듯 보이는 천막들이 즐비했다.

아마도 던전 조사를 위한 전초기지쯤으로 보였다.

그리고 주변엔 많은 탱크와 군용 차량들, 그리고 얼핏 봐도 수천은 넘어 보이는 군인들까지 몰려 있어서 도시 한복판에 생성된 피라미드 주위엔 정신이 없을 정도로 많은 사람들로 북적였다.

그렇게 상하이 타워 꼭대기에 올라가서 한참을 내려다보며 피라미드의 주위를 살폈다.

높은 곳에서 내려다보는 시선으로 전체적인 분위기를 파악한 유정상은 다음으로 커서를 통해 피라미드의 정보를 확인해보려고도 했지만 별다른 정보는 뜨지 않는다.

구석구석 커서를 가져가 확인해 보아도 아무것도 얻어지는 정보가 없자 곧 커서를 이용한 조사는 접고 입구의 위치를 확인하며 몸을 날렸다.

던전의 입구는 바닥에서 대충 50미터 정도 위에 있었는데 그곳까지는 긴 돌계단으로 이어져 있었다.

하지만 유정상은 허공을 날아서 한 번에 던전 입구에 도착하고는 은신술을 풀었다.

"블랙로브다!"

"엇! 정말!"

"언제 온 거지?"

그 순간 입구 쪽을 살피던 많은 수의 사람들이 귀신같은 블랙로브의 등장에 술렁거렸다.

그것으로 자신의 도착을 알린 유정상이 곧바로 던전에 입장했다.

일반적인 고대 유적지 같은 건물의 입구라 그런지 기존의 던전 입장과는 조금 다른 느낌이었지만, 입구를 통과할 때의 기운은 분명 보통의 던전과 같았다.

그런데 던전에 들어왔음에도 그곳은 바깥의 배경과 자연스럽게 연결된 느낌의 평범한 피라미드의 안이었다.

밖에서 보던 돌과 같은 모양으로 만들어진 벽이 복도의

양 옆으로 이어져 있었던 것이다.

던전의 입구를 통과하는 순간 새로운 세계가 펼쳐지던 일반적인 던전과 달리 그저 피라미드의 입구를 지나서 그 안으로 걸어서 들어 온 느낌이 들었다.

일반적인 피라미드에 비해서는 좀 다른 모양에다 거대한 복도가 특이하기는 했지만 말이다.

게다가 천장에는 발광석들이 구석구석 박혀 있어서 빛이 들지 않는 실내임에도 그리 어둡지는 않았다.

[미션]

[시동키를 찾아 '에인션트 기어' 의 작동을 중단시켜라.]

[고대 마족의 피라미드가 알 수 없는 차원오류로 인해 에 인션트 기어가 작동하며 인간계에 생겨나고 말았다. 하지만, 이대로 계속 에인션트 기어가 작동하게 놔둔다면 인간계에는 피라미드뿐만 아니라 다른 종류의 고대 건축물들도 계속 생겨나게 될 것이다. 만약 그 상태로 오랜 시간이 흐른다면 고대 건축물들은 인간계에 자리를 잡을 것이고, 더불어 그곳에 있던 몬스터들은 인간계로 쏟아져 나올 것이다.]

[미션 실패 시 군주 포인트 3,000점이 소멸하며, 레벨이 20 감소한다.]

[미션수행 제한시간은 없다.]

쉽게 말해 이 건물을 그냥 내버려두면 몬스터 웨이브가 생길 거라는 이야기다.

[미션에 도움을 줄 아이템 생성.]

인벤토리에 조그마한 열매 하나가 생겨나 있다.

[근성의 포도알]
[섭취 시 정신력이 강해진다.]

"정신력?"

뜬금없이 정신력이 강해진다는 아이템이 생겨난 걸 보면, 정신적인 공격이 가해질지도 모른다.

일단 유정상은 더 생각하지 않고 바로 그것을 삼켰다.

근성의 포도알을 삼키는 순간 눈앞이 번쩍 하는 느낌은 있었지만 별다른 신체적 변화는 느끼지 못했다.

당장은 정신력이 오른다는 건 실감할 수 없었지만 어쨌든 개운한 느낌이 드는 건 사실이었다.

그때 유정상 앞에 익숙한 소환수 세 녀석이 나타났다.

"주인, 방가!"

"반갑다. 주인."

"삐이이이."

정신없이 세 명이 동시에 등장하는 것에도 어느덧 조금씩 익숙해지고 있다.

"미션이 뭐냐?"

미션 메시지가 소환수들보다 먼저 생겨났다 사라지는 바람에 그것을 확인하지 못한 주코가 물었다.

"시동키를 찾아서, 에인션트 기어라는 걸 찾아서 멈추란다."

"아하…… 에인션트 기어라……."

"아는 거냐?"

"들어본 것 같기도 하고, 아닌 것 같기도 하고……."

"출발!"

"어이, 주인. 무시하는 거냐?"

그렇게 유정상이 녀석들을 이끌고 커서가 가리키는 방향으로 빠르게 걷기 시작하려던 그 때, 순간적으로 벽이 조금씩 출렁거리는 듯한 느낌이 들었다.

"……?"

그와 동시에 이 실내에 알 수 없는 기운이 팽배해 있음을 느끼고는 일단 걷던 걸음을 잠시 멈추었다.

"왜, 그래 주인?"

"여기, 이상해."

"뭐가?"

뭔가 의심스러운 기색을 느낀 유정상이 눈알을 굴리며 사방을 살폈다.

그러면서 커서로 꼼꼼하게 벽을 살핀다.

하지만 커서의 탐지능력에도 특별히 뭔가가 감지된다거나 하는 것은 없었다.

조용하고 평화로운 분위기였지만 분명 이상한 느낌이 드는 건 사실이었다.

"난 아무것도 못 느끼겠는데, 주인은 뭔가 느껴져?"

주코가 근처로 다가와 물었다.

그런데 유정상은 주코의 질문에 문득 녀석의 모습을 돌아보고는 흠칫 놀라버렸다.

"엇!"

"왜?"

주코의 얼굴이 마치 흘러내리는 것처럼 괴이하게 보였기 때문이었다.

"너, 모습이 왜 그래?"

"내가 뭐?"

주코가 자신을 돌아보았지만 스스로는 별다른 게 없다는 듯이 의아한 모습이다.

그러나 유정상의 눈에는 분명 녀석이 날아다니는 꼬마 좀비처럼 보였다.

유정상이 약간 놀란 상태에서 다른 녀석들을 돌아보니 두 녀석 모두 좀비로 변해 있었다.

특히 백정의 경우엔 오른쪽 눈알이 빠질 듯 대롱거리기까지 한다.

"윽, 너희들 모습이 왜 그래?"

"우리가 뭐?"

하지만, 녀석들은 유정상의 행동을 전혀 이해가 되지 않는다는 듯이 고개를 갸우뚱거릴 뿐이다.

그러고 보니 유정상은 미션 아이템으로 받은 '근성의 포도알'에 생각이 미쳤다.

먹으면 정신력을 강하게 해준다는 거였는데 아마도 지금의 현상을 대비한 물건이 아닌가 싶었다.

사실 유정상은 지금 자신의 소환수들이 무척 이상한 모습으로 보이고 있었지만 정신은 여전히 고요한 상태였고 전혀 충격을 받지 않았기 때문이다.

어째서 소환수들은 이런 현상에 전혀 영향을 받지 않는지는 몰라도 이건 옆에 있는 동료를 몬스터로 인식하게 만드는 종류의 주술이었다.

그제야 유정상은 처음 들어갔다던 중국의 헌터들에게 닥쳤을 상황이 예상되었다.

이런 상태이상에 걸려서 서로 괴물로 보이고 그러다가 누군가가 먼저 흥분해 날뛰었다면 결국 서로가 서로를 죽이면서 큰 피해를 겪었을 것이다.

'처참했겠군.'

그렇게 생각하면 곧 뒤를 따라 들어올 미국헌터들도 결국 비슷한 일을 겪지 않을까하는 생각이 들었다.

정신력이 강화된 유정상도 당황할 정도의 사실감이 느껴졌기에, 다른 헌터들이라면 아마도 패닉에 빠질 것이다.

받은 돈도 있고 하니 모른 척 할 수 없다는 생각에 유정상은 마치 일일이 손으로 만져서 확인하는 것처럼 커서로 실내를 꼼꼼히 살폈다.

그렇게 한참을 뒤지다 보니, 간간이 지나쳐 오던 기둥 중 하나에 조각되어 있는 꽃의 모양의 장식에서 뭔가가 미세하게 새어나오고 있는 것이 있는 것을 발견할 수 있었다.

커서가 지정해주지 않았다면 자세하게 살핀다고 해도 너무나 자연스러워서 무엇이 이상한지 느끼지 못했을 정도였다.

유정상은 그 틈에서 나오는 무언가가 정신을 현혹시킨다는 것을 파악하고는 바로 그것을 주먹으로 부셔 버렸다.

그러자 유정상 곁에 있던 소환수들이 점차 제 모습을 찾아갔다.

어쩐지 직접 자신의 몸으로 안전을 테스트하는 기분이 들었다.

"흠, 이만하면 밥값은 충분하겠지."

한 가지 함정을 해결한 유정상은 그렇게 중얼거리고는 다시 복도를 따라 빠르게 걷기 시작했다.

피라미드의 거대한 실내 복도를 한참 걸어가다 보니 서서히 주변이 밝아져온다.

먼 곳에서 빛이 점점 강해져 오는 것을 보니 외부와 바로 이어진 통로였던 것 같았다.

어느덧 바깥으로 나가는 출구에 도달하자 주변이 확 트인 정글 지대가 눈 아래로 펼쳐져 있었다.

그냥 피라미드를 통과해서 반대편으로 나온 것 같은데, 완전히 새로운 세상이 펼쳐지자 이제부터가 진짜 던전의 시작이라는 느낌이었다.

입구 아래로 쭉 뻗은 수많은 계단과 주변의 화려한 장식은 마치 오래된 유적지를 보는 기분이었다.

정면에 녹음이 가득 우거진 정글과 중간중간 삐죽 솟은 바위산을 바라보니 몬스터만 없다면 최고의 휴양림이 아닐까 싶을 정도로 멋진 풍경이었다.

잠시 그렇게 숲을 내려다보다 먼 곳에 뭔가 날개를 퍼덕이며 날아가는 생명체가 많이 보인다.

"어? 저거 드레이크 아니냐?"

"그러고 보니 닮았네."

산제이와 주코가 비행생명체를 보며 이야기하는 걸 보고는 유정상도 그것을 확인해보니 과연 드레이크가 맞았다.

그것을 보더니 뭔가 생각이 났는지 산제이가 유정상에게 물었다.

"주인, 드레이크는 이름이 없냐?"

산제이는 유정상을 바라보면서 물었지만, 대답은 주코에게서 나왔다.

"없지. 맨날 드레이크라고만 부르는데."

"그럼 내가 지어볼까?"

산제이는 강한 호기심을 보이면서 말했다.

자신의 이름도 스스로 지었다고 하더니 이런 쪽에 관심이 많은 것 같았다.

"말해봐."

"산체스!"

"크크크, 산제이 동생 산체스냐! 왠지 시골뜨기 같은 이름이구만."

주코가 산제이의 작명센스를 비웃었다.

하지만 산제이는 전혀 굴하지 않고 당당한 표정으로 오히려 유정상에게 확인을 하려고 한다.

"좋은데 뭐……. 주인, 산체스 좋지 않아?"

"시골뜨기 같다니까."

"출발!"

유정상은 산제이와 주코가 떠드는 것에는 신경 쓰지 않고 곧바로 계단을 내려가기 시작했다.

두 녀석은 드레이크의 이름에 대한 토론인지 수다인지를 계속하다가 피라미드의 계단을 다 내려오고 나서야 조용해졌다.

그들의 눈앞에 나타난 거대한 뱀 때문이었다.

길이는 대략 20미터 정도였고 머리엔 자그마한 돌기가 여러 개 튀어나와 있었다.

세로로 좁게 서 있는 모양의 눈동자는 전체적으로 붉으며 앞니 두 개가 유독 커다랗게 삐져나와 있었다.

전신은 붉은 빛이 도는 화려한 무늬였으며 거죽은 일반적인 뱀과 달리 비늘갑옷으로 무장되어 무척 단단한 느낌을 주고 있다.

[아이언 스네이크]
[레벨: 98]
[……]

피라미드에서 내려오자마자 제일 처음 만난 놈임에도 레벨이 거의 100 정도였다.

어지간한 8급 던전에서도 보스 쌈 싸 먹을 놈이 아무렇지도 않게 눈앞에 나타난 것이다.

물론 이제는 같이 돌아다니는 세 녀석들 모두 90레벨 이상에다가 산제이는 110레벨이 넘으니 두려워할 만한 존재는 아니었지만, 겨우 시작하는 상황인데 처음부터 이런 놈을 만났다는 건 좀 문제였다.

"캬아아아아!"

녀석이 거대한 아가리를 쫙 벌리고 달려들었지만 바로 커서 방패에 의해 튕겨나가 버렸다. 그 틈에 주코가 녀석에게 경직마법을 걸었고, 백정이 빛의 검을 휘둘러서 놈의 몸통부분에 칼집을 내자 고통스러운지 비명을 지른다.

그런 와중에 산제이가 자신의 팔을 길게 늘여서 날카로운 칼로 만들어서 놈의 목을 그어 버리자 거대한 머리가 바닥에 쿵하고 떨어져 버렸다.

유정상은 나설 틈도 없이 순식간에 사냥이 끝나버린 것이다.

백정은 말하지 않아도 평소 습관대로 놈의 전신을 순식간에 해체하기 시작했다.

그러자 놈의 비늘과 뼈, 그리고 고기가 분리되어 가지런히 정리되자 유정상은 그냥 간단하게 인벤토리에 담기만하면 되었다.

주변을 정리하고는 인근을 커서로 대충 살피자 이런 강한 몬스터가 사방에서 감지되고 있었다.

일단 차근차근 진행하자는 생각에 커서의 방향대로 이동하며 다시 출몰하는 아이언 스네이크를 한 마리씩 사냥해나갔다.

그러던 중 유정상 일행은 아이언 스네이크가 무리를 이루고 있는 장소에 도달했다.

그리고 잔뜩 몰려 있는 놈들을 발견하자 숲속에 몸을 숨기고 그것들을 살폈다.

그리 어려울 정도는 아니지만 그래도 레벨 90정도의 아이언 스네이크가 대략 20여 마리 정도가 모여 있어서 싸움을 벌인다면 꽤나 시간이 소모될 것이었다.

게다가 가까운 주변에 있는 놈들도 제법 있었기에 일단 유정상은 이곳을 피해 돌아가기로 결정했다.

한 마리씩이라면 사냥도 쉽고 속도도 빠르겠지만, 20마리 이상을 상대하려면 제법 번거롭고 시간이 지체될 것이기 때문이다.

물론 군주 포인트를 쓴다면 금방 쓸어버릴 수도 있을 테지만, 앞으로 어떤 일이 벌어질지도 모르니 초반부터 군주 포인트를 소모하고 싶은 생각은 없었다.

커서의 방향을 확인하고 조용히 움직이려는데 하늘에서 익숙하고도 사나운 포효소리가 들린다.

그것도 한두 개가 아니다.

"캬오오오오!"

"크아아아아!"

빠른 속도로 접근하는 드레이크들의 울음소리였다.

그 때문에 아이언 스네이크들도 그 소리에 맞대응하듯이 날카로운 소리를 내며 머리를 쳐들었다.

그러자 곧 드레이크들이 아래로 활강해 내려오며 화염을 뿌린다.

콰아아아아아.

제법 강렬한 화염이 아이언 스네이크들의 무리를 덮쳤지만 놈들은 몸을 웅크리며 그것을 견뎌냈다.

그러다가 지상으로 화염을 난사하던 드레이크 에게 한 마리가 웅크린 상태에서 갑자기 스프링처럼 튀어 오른다.

거대한 몸체가 무색할 정도로 빠르게 솟아오르자 화들짝 놀란 드레이크는 활강을 멈추고 급히 피하려 했지만 결국 목이 물리고 말았다.

그리고 그 상태에서 아이언 스네이크는 드레이크의 전신을 둘둘 휘감았고, 결국 날개를 펼치지 못한 드레이크는 바닥으로 추락해 버렸다.

그때 다른 아이언 스네이크들도 사방에서 달려들더니 포획된 드레이크를 함께 물어뜯기 시작했다.

"카오오오오!"

드레이크는 비명을 지르며 발버둥 쳤지만, 아이언 스네이크들에 의해 전신이 빠른 속도로 피를 뿌리며 찢겨나간다.

그것을 보던 다른 드레이크들이 흥분해 날뛰며 화염을 뿌려댔다.

콰아아아아아.

그러자 쓰러진 드레이크에게 달려들던 녀석들이 다시 몸을 둘둘 말아서 그 화염공격을 버텼다.

오히려 이미 전신이 뜯겨진 드레이크는 제대로 움직이지도 못한 상태에서 동료들의 화염공격에 전신이 불타올랐다.

다시 몇 마리의 아이언 스네이크가 몸을 웅크렸다가 스프링처럼 튀어 오르자 접근했던 드레이크들이 급하게 하늘로 날아오른다.

분명 먼저 사냥을 시작한 드레이크엿지만, 결과적으로는 아이언 스네이크에게 드레이크 한 마리가 사냥당해 버린 상황이었다.

그것을 지켜보던 유정상이 살짝 눈살을 찌푸렸다.

그래도 나름 친숙한 녀석들이 뱀들에게 역으로 당하는 모습을 보니 뭔가 마음에 들지 않았던 것이다.

그리고 커서로 살펴보니 드레이크들은 아직 덜 자란 녀석들인 것으로 봐선 아마도 사냥 경험이 많이 부족해서 벌어진 참사 정도로 보였다.

아이언 스네이크들이 마치 축제를 하는 것처럼 죽어 널브러진 드레이크에게 몰려들어 뜯어먹기 시작하는 모습이 보였다.

그리고 그 모습을 그저 하늘에서 퍼덕거리며 내려다보고 있는 어린 드레이크들을 바라보던 유정상이 순간 욱하는 기분에 자신의 드레이크를 소환했다.

"크아아아아아아!"

엄청난 기세를 뿌리며 활강해 내려오던 드레이크가 유정상의 지시를 전달받자마자 곧바로 아이언 스네이크 쪽으로 방향을 돌렸다.

주변에 있던 드레이크들이 갑자기 모습을 드러낸 드레이크에게 화들짝 놀라며 길을 열어주자 빠른 속도로 그 사이를 가로질러 날더니 바로 아래로 떨어져 내린다.

기존 녀석들에 비해 더 큰 드레이크가 자신들을 향해 활강해 내려오자, 드레이크 사체에 달라붙어 있던 아이언 스네이크들이 동시에 머리를 쳐들더니 이빨을 드러내며 포효했다. 그리고 한 마리가 다시 용수철처럼 몸을 웅크렸다 곧바로 튀어 올랐다.

빠른 속도로 솟구쳐 오른 녀석이 드레이크의 목을 노리며 아가리를 쩍 벌렸다.

하지만 드레이크는 놈의 공격을 가볍게 피해더니 곧이어 역으로 아이언 스네이크의 목을 사정없이 물어 버리자 우두둑하는 소리와 함께 놈의 머리가 한순간 뜯겨나가 버렸다.

강철피부를 가진 것에 비하면 너무나 허무하게 잘려나간 것이다.

바닥에서 그 모습을 지켜보던 다른 아이언 스네이크들이 세 마리가 동시에 튀어 올랐다.

하지만 허공을 빠르게 비행하며 그 세 놈의 모두 피해 낸 드레이크가 옆으로 스쳐 지나가는 한 녀석의 꼬리를 물더니 바닥에 패대기쳐 버렸다.

그리고 나머지 두 마리에겐 강력한 푸른 불꽃의 화염을 발사했다.

콰아아아아아.

놀란 두 마리가 공중에서 웅크리며 그 화염을 버티려고 했지만 순식간에 화염이 덮치자 그 열기를 견디지 못하고 검게 타 버리더니 그대로 바닥으로 떨어져 내렸다.

쿵.

놈들을 가볍게 처리하고 다시 아래로 활강하던 드레이크가 목을 부풀리더니 이번에 더 강한 불길을 아래로 난사해 들어갔다.

그러자 삽시간에 네댓 마리의 아이언 스네이크가 한순간에 불타 버렸다.

아이언 스네이크 정도로는 절대 견딜 수 없을 정도로 압도적인 화염이었던 것이다.

그 위력에 놀란 다른 녀석들이 빠르게 주변으로 흩어지며 그곳에서 사라져 버렸다. 동료들의 죽음을 확인하고서 상대가 일반적인 드레이크가 아니라는 것을 확인한 것이다.

그런 놈들의 모습을 본 녀석이 크게 포효했다.

"쿠아아아아아!"

강력한 포효소리가 사방에 울려 퍼지자 다른 드레이크들은 멀찍이서 날개를 퍼덕이며 근처로 다가오지 못하고 있었다.

아마도 저들은 자신들을 구해준 드레이크에게 존경과 두려움을 동시에 느끼고 있는 것 같았다.

곧 소환 드레이크가 다시 한 번 포효하자 모두 경직되는가 싶더니 주변으로 날아온다.

어쩐지 다른 드레이크들이 소환된 드레이크에게 모두 굴복해버린 모습이다.

[소환 드레이크가 주변에 있던 드레이크들을 장악했습니다.]

[모두 하위 소환수로 등록하시겠습니까?]

"뭐야, 이건?"

드레이크가 자신의 힘으로 동족을 장악해 소환수로 만들어 버리는 일이 생기자 조금 얼떨떨해졌다.

하지만 처음 드레이크를 만났을 때 하늘가오리들을 이끌고 유정상에게 덤벼들었던 모습을 떠올려보니, 녀석은 원래 군주의 특성을 지닌 녀석인 듯 보였다.

[모두 소환수로 등록하시겠습니까?]

다시 한 번 더 확인하듯 묻자 그제야 유정상이 고개를 끄덕이며 대답했다.

"좋아."

[드레이크들이 하위 소환수로 등록되었습니다.]
[우두머리로 무리를 이끌기 위해선 드레이크에게도 이름이 필요합니다. 이름을 정해주세요.]

"드라칸."

한 치의 망설임 없이 대답해 버리는 유정상, 머뭇거리면 또 산제이가 끼어들 거라고 생각한 탓에 빠르게 결정을 내린 것이다.

[드레이크의 우두머리 이름이 드라칸으로 정해졌습니다.]

[드라칸이 새로운 등급으로 올라섭니다.]

메시지와 함께 드라칸의 피부가 쩍 하고 갈라지더니 그 속에서 핏빛의 붉은 강렬한 피부가 드러났다.

그리고 순식간에 갈라진 피부가 말라붙더니 떨어져나가 버리자 완전히 새로운 느낌의 드라칸이 모습을 드러냈다.

광택이 나는 붉은 피부와 함께 매서워 보이는 눈매에는 드레이크들의 리더답게 아주 카리스마가 흘러 넘쳤다.

[드라칸의 레벨이 150으로 상승합니다.]
[드라칸의 화염 브레스가 '지옥의 화염 브레스'로 업그레이드됩니다.]

"크아아아아아아!"

녀석이 포효하자 주변에 강력한 풍압이 일었다.

이로써 드레이크마저 레벨이 다른 존재로 한 단계 올라서 버렸다.

"산체스가 좋은데."

그 와중에도 산제이가 아쉽다는 듯 머리를 긁적이며 말하자 주코가 비웃었다.

"차라리 산초가 낫겠다. 어차피 산으로 시작하는 이름이니까."

"산초라고 하니까 내가 돈키호테가 된 기분이네. 그럼 드라칸은 로시난테 쯤 될까나?"

"그게 누군데? 센 놈이냐?"

"넌 몰라도 돼."

사실 유정상도 이름만 알지 자세한 건 모르니 설명하기도 어렵다.

아무튼 그렇게 이름을 정하고는 곧이어 드레이크, 아니 드라칸의 등에 모두가 올라타자 녀석이 커다란 날개를 퍼덕이며 하늘로 날아오른다.

공중에 있던 다른 드레이크들은 곧 드라칸을 따라 비행을 시작했다.

드라칸 주변에 10여 마리의 드레이크가 따르는 모습이 꽤나 장관이라 주코가 들떠 소리쳤다.

"으하하하하! 내가 너희들의 선배다!"

"나도!"

덩달아 산제이까지 외치는 모습에 백정이 한숨을 쉬며 고개를 절레절레 흔들었다.

그렇게 커서로 방향을 확인해가며 이동하는데 먼 곳에서 다른 비행 몬스터들이 유정상의 일행 쪽으로 날아오고 있다.

커서로 확인해보니, 같은 드레이크 무리였다.

하지만, 저 쪽은 대략 30여 마리로 구성된 무리였고, 이곳과 달리 녀석들은 드레이크 성체들이었다.

이쪽으로 날아오는 모습이 아마도 무리를 이끌고 있는 드라칸에게 볼일이 있는 것 같았다.

유정상은 몸을 날려 뒤쪽을 따르던 다른 드레이크의 등에 올라탔다.

그러자 백정은 그런 유정상의 옆으로 날아왔고 다른 소환수들은 각자 맘에 드는 드레이크를 골라서 옮겨 탔다.

이어서 유정상이 드라칸에서 소리쳤다.

"네가 알아서 한번 해봐!"

드레이크의 습성에 대해서는 잘 모르니까 그냥 모든 것을 드라칸에게 일임해 버린 것이다.

아무튼 유정상의 그 말에 드라칸은 포효를 지르더니 앞으로 빠르게 날아가기 시작했다.

드라칸이 녀석들의 무리에서 제일 선두로 날아들던 녀석을 향해 달려들려고 하자, 다른 드레이크들이 동시에 화염 브레스를 뿜었다.

콰아아아아아.

하지만 드라칸은 그런 불길을 그대로 맞고도 유유히 날개를 퍼덕이며 날아가서는 선두에 위치해 있는 놈에게 달려들었다.

그러자 이번에는 그 무리의 우두머리로 보이는 드레이크가 포효하더니 드라칸을 향해서 브레스를 뿜었다.

콰아아아아.

하지만 그것을 정면에서 맞고도 별다른 타격을 받지 않은 드레이크가 빠르게 달려들어 녀석의 목을 그대로 물어 버리더니 순식간에 꺾어 버렸다.

콰드드득.

자신들의 우두머리가 삽시간에 절명해 정글 지대로 추락해 버리자, 주변에 있던 드레이크들이 경악하며 감히 드라칸에게 달려들지 못하고 머뭇거렸다.

그런 때에 다시 드라칸이 포효하자 녀석의 주위로 붉은 기세가 사방으로 뻗어나갔다.

그 순간 다른 드레이크들이 몸이 꿈틀거렸다.

[드레이크 32마리가 드라칸에게 추가로 종속되었습니다.]

[드라칸에게 종속된 드레이크는 모두 43마리입니다.]

그리고 곧 드라칸이 유정상이 있는 곳으로 비행해오자 유정상도 드라칸 쪽으로 몸을 날려 녀석의 등 위에 올라섰다.

다른 소환수 녀석들도 드라칸의 등 위로 이동하자 다시 커서의 방향으로 비행을 시작했다.

갑자기 드레이크 대 군단을 거느리자 주코가 펄쩍뛰며 신나하고 곁에 있던 산제이도 같이 춤을 춘다.

그런 상황에서 한동안 커서가 가리키는 방향으로 비행

하다 보니까 먼 곳에 보이는 엄청난 숫자의 피라미드들이 눈에 들어왔다.

상하이에 생겨난 그 피라미드 같은 대형의 건축물이 너무 많아 몇 개인지도 파악하기 힘들 정도였다. 너무 넓게 퍼져 있어서 한눈에 다 들어오지도 않는 상황이라 눈에 보이지 않는 뒤쪽에 얼마가 더 있는지조차 알 수 없을 지경이었던 것이다.

"피라미드의 도시인가?"

저것들이 모두 지구에 나타난다면 지구는 정말 난장판이 되어버릴지도 모르겠다는 생각이 들었다.

그런데 그 피라미드의 도시 주위로 옅게 펼쳐진 노란색의 안개가 보인다.

마치 황사처럼 보이는 그 이상한 안개를 커서로 확인해 보니 [보호결계]라고 되어 있었다.

확실히 보호결계를 인식하고 살펴보니까 주변에 날아다니는 다른 비행 몬스터들이 결계근처로 접근하다 전신이 갈가리 찢기며 바닥으로 추락하는 모습도 보인다.

굳이 무리한 도박을 할 필요는 없다는 생각을 하고는 일단 근처까지만 날아가서는 드라칸을 아래로 착지시켰다.

그러자 다른 드레이크들도 바닥으로 착지했다.

"여기서부터는 걸어가자. 넌 이곳에서 대기하도록 해."

유정상의 명령에 드라칸이 크르렁 거린다.

바닥에 내려선 유정상은 걸어서 이동을 시작했고 주코 등의 소환수들이 그를 따랐다.

그렇게 피라미드의 도시 쪽을 향해 걷다보니 공중에서 확인했던 결계의 가까이 접근할 수 있었다.

"내 마법으로는 결계를 뚫을 수 없어."

주코가 입을 실룩거리며 투덜거렸다.

유정상은 곧이어 커서를 이용해 봤지만 연기 같은 결계 다보니 구멍이 생겼다가 곧 메워진다.

혹시나 입구가 따로 있을까 싶어 주변을 탐색했지만 커 서로 이리저리 훑어보아도 입구는 발견되지 않았다.

그보다 너무 큰 도시를 감싼 결계다보니 끝이 보이지도 않아 설사 입구가 있다하더라도 발견하기는 쉽지 않아 보 였다.

다시 커서를 이용해 결계 속으로 깊숙이 밀어 넣어 보았 다.

확실히 커서가 지나간 자리에는 구멍이 생기긴 했지만, 이번에도 생겼던 구멍이 금방 노란 안개로 메워진다.

예전처럼 회전도 시켜봤지만 연기가 회전의 힘에 끌려가 는 바람에 구멍이 생기기는 해도 통과할 수 있을 만큼은 아 니다.

그렇게 커서만으로 이런저런 짓을 해보다 해결할 방법을 찾지 못한 유정상은 근처에 활력의 불꽃을 심을 자리를 찾 아서 모닥불을 피워 올렸다.

일단 몸의 최적의 상태로 만들면서 고민도 해보자는 생각에서였다.

모닥불 주위로 모여든 소환수들.

전신을 감싸듯 따뜻한 기운이 나른한 느낌으로 전신을 기분 좋게 만들자 모두 편안한 얼굴이 되었다.

유정상도 특유의 안전지대 기운을 받으며 앉아 쉬고 있는데 사방에서 갑자기 이질적 에너지 반응이 느껴진다.

"……?"

유정상이 몸을 일으켜 주변을 돌아보았다. 그때 결계 근처에서 번쩍이며 뭔가가 나타난다. 그것이 한 개가 아니라 결계 주변의 여러 곳에서 같은 현상과 함께 계속 뭔가가 번쩍이며 나타나기 시작했다.

하얀색의 빛나는 갑옷과 투구를 쓴 존재들이 결계 주변에 모습을 드러낸 것이다.

그들을 보던 주코가 입을 열었다.

"저 녀석들……."

"아는 놈들이야?"

"천계의 병사들이야."

"천계?"

순간 유정상이 놀란 표정으로 그들을 다시 돌아본다.

하얀 갑옷과 온몸에서 풍기는 기운이 좀 특이하다 했더니 천계라니, 생각도 못한 존재들의 등장에 조금 놀랄 수밖에 없었다.

그런데 그때 천계의 병사들 중 하나가 유정상이 있는 안전지대 인근에 나타났다.

　안전지대는 몬스터가 아닌 존재들에게는 존재가 가려지지 않는다. 그래서 모두는 각자의 방법으로 자신의 존재감을 지웠다.

　그리고 유정상은 근처에 있던 천계의 병사 하나에게 접근했다. 유정상의 접근을 눈치 채지 못한 그는 곧바로 아공간을 열어 하얀색의 종이 한 장을 꺼내더니 그것을 찢어버렸다.

　그러자 순간 결계에 마법진이 그려지면서 스파크가 생겨난다.

　이어서 그 마법진이 만들어내는 스파크는 결계를 이루고 있는 안개를 밀어내며 사람이 통과할 수 있을 정도의 구멍을 만들었다.

　그렇게 통로가 만들어지자 천계의 병사라던 그들이 빠르게 안으로 돌입했다.

　만들어진 통로는 10초 정도 지속되다가 금방 사라져 버렸다.

　안 그래도 결계의 안으로 들어갈 방법을 연구 중이던 유정상은 녀석들이 찢은 마법스크롤에 저절로 눈이 간다.

　'이런 게 있었군.'

　이후로 유정상은 천계병사들의 모습을 계속 유심히 살폈다.

그러다가 몇 명의 천계 병사들이 안전지대 근처에 새롭게 나타나서는 아공간을 열어 마법 스크롤을 꺼내자 유정상은 커서를 이용해 빠르게 그것을 복제했다.

　하지만 천계의 병사는 그런 것을 전혀 눈치 채지 못하고는 마법스크롤을 결계 쪽으로 내밀더니 다른 이들처럼 그것을 찢었다.

　그러자 결계에는 다시 스파크로 인한 구멍이 생성되었고, 그는 바로 그 안으로 돌입했다.

　그렇게 많은 수백의 인원이 인근에 나타나 반복적으로 돌입하는 모습을 지켜보던 유정상은 의아한 표정을 지으며 흐리게 보이는 결계의 안쪽을 살펴보았다.

　왜 저렇게 많은 인원이 갑자기 결계의 안으로 들어가고 있는지 궁금해졌던 것이다.

　유정상이 유심히 안쪽을 살펴보자 천계의 병사들이 결계의 안으로 들어가자마자 각종 무기들을 장착하며 뛰어가는 모습이 보였다.

　그리고 피라미드 쪽에서는 천계의 병사들에 대항하듯이 수많은 검은색의 갑옷을 입은 녀석들이 쏟아져 나오기 시작했다.

　"도대체 지금 무슨 상황인거야?"

　황당하게도 그들은 전쟁의 한가운데 와 있었던 것이다.

　"와아아아아!"

결계 안에서는 검은색과 백색의 서로 다른 존재들 간의
치열한 전투가 벌어졌다.

하얀 빛의 화살 수백여 발이 검은 무리에게 날아가고, 반
대로 붉은 빛의 화살이 허공을 붉게 물들이며 천계 병사들
에게 날아들었다.

그러는 와중에 백색무리, 천계의 병사들 사이에서는 지
름 1미터 정도의 빛나는 동그라미들 수백여 개가 생겨나고
있었다.

백색의 병사들이 자신들의 아공간에서 꺼낸 원형의 마법
진들을 바닥으로 던지자 생겨나는 현상이었다.

그런 원형진들에서 하얀 갑옷에 하얀 투구를 쓴 거한들
이 생성되기도 했고, 어떤 원형진엔 하얀 마갑을 쓰고 이마
에는 기다란 뿔이 달린 신비로운 느낌의 말들도 생겨났다.

"저거, 유니콘이야!"

주코가 이마에 뿔이 돋은 말을 보며 소리쳤다.

곧 거한들이 마갑을 쓴 유니콘의 등에 올라탔다.

모두가 자신의 유니콘이 정해져 있는 것인지 모두 일사
분란하게 움직이고 있었다.

그리고 그들 역시도 아공간을 열어 거대한 창을 꺼내고
는 피라미드 쪽으로 내달리더니 점프와 동시에 모두 하늘
로 떠오른다.

그들의 무기가 휘둘러지자 피라미드 이곳저곳이 폭발하
기 시작했다.

이어서 다시 천계 병사들 사이에 만들어진 마법진에서는
각 병과의 보병들이 생겨나며 앞으로 달려 들어갔다.

"젠장, 이거 전쟁터 한가운데로 와 버렸군."

"주인, 일단 우리는 돌아가자. 이런 곳에 있어봐야 재수
없으면 개죽음이야."

유정상이 짜증 섞인 음성으로 외치자 주코가 겁먹은
표정으로 얼른 도망가기를 종용한다. 하지만 분위기파악
을 못한 산제이는 여전히 빙글거리는 표정으로 한마디 했
다.

"난 재밌겠는데. 우리도 끼어들면 안 돼?"

"넌 입 좀 다물어."

주코가 버럭 소리를 지르자 산제이가 머리만 긁적였다.

하지만 유정상의 시선은 안개형 결계 안쪽의 전투에 고
정되어 있었다.

그리고 커서의 방향을 확인하고는 살짝 굳어진 표정으로
고개를 끄덕이며 말했다.

"우리도 안으로 들어간다."

"야호!"

"넌 뭐가 좋아서 난리야!"

유정상의 말에 산제이가 좋아서 호들갑을 떨자 주코가
버럭 소리를 질렀다.

안 그래도 이런 상황이 마음에 들지 않았는데 산제이까
지 좋아라하는 모습을 보니 짜증이 치밀어 오른 것이다.

하지만 말을 그렇게 하면서도 주코는 제일 먼저 유정상을 따라 나서고 있었다.

유정상은 아까 병사의 스크롤을 복사해 두었던 것을 이용해서 결계를 통과할 수 있는 스크롤을 만들었다.

그들이 했던 행동을 떠올리며 스크롤을 찢자, 안개로 이루어진 결계에 스파크가 생기며 구멍이 생겨났다.

곧바로 유정상이 그곳으로 뛰어 들어가자 세 녀석도 유정상에게 딱 달라붙어서 같이 결계를 통과해 안으로 들어갔다.

유정상은 결계의 안에 들어서자마자 바로 은신술을 극성으로 펼쳤다.

그렇게 안전을 확보한 다음에 커서의 방향을 확인하고 주위를 살피면서 이동하기 시작했는데 다행히 커서가 가리키는 방향은 전투가 그리 치열하지 않은 방향이라서 제법 빠르게 이동할 수 있었다.

유정상 일행이 열심히 이동하는 와중에도 흰색의 병사들과 검은색 병사들의 전투는 점점 더 격해지고 있었다.

검은 갑옷의 병사가 하얀 화살에 관통당하며 피라미드에서 바닥으로 굴러 떨어지자 주코가 얼른 확인해 보더니 그들이 마족병사라는 사실을 유정상에게 알려준다.

이 일대에서 벌어지는 전투는 천계와 마족간의 전투였던 것이다.

그것이 마음에 들지 않는지 주코가 또 주둥이를 나불거렸다.

"아우, 우리 똥 밟은 거야. 왜 하필 이런 곳에서 미션을 수행하냐고."

"시끄럽고 빨리 따라오기나 해."

유정상이 그렇게 말하며 정신없는 전장을 빠르게 벗어나자 피라미드 사이에 있는 거대한 원형 건물이 보인다.

그 원형의 건물이 커서가 가리키는 방향과 일치하고 있다는 걸 확인한 유정상은 급히 그곳으로 달려갔다.

입구에 다다르자 그곳엔 어느새 많은 숫자의 마족병사들이 근처에서 쏟아져 나와 천계 병사들이 침입한 방향으로 일제히 이동하고 있었다.

그 모습을 살피던 주코가 작은 소리로 중얼거렸다.

"천계와 마계의 전쟁은 차원곳곳에서 끊임없이 일어난다고 하더니. 젠장, 이곳도 그런 곳이었나 봐."

"우리는 미션만 해결하면 되는 거다."

"전쟁터 한가운데서 미션을 해결하는 게 쉬울 리 없잖아."

언제부터 시작된 전쟁인지는 알 수 없지만 천계와 마계는 견원지간으로 별일이 없더라고 일부러 건수를 만들어서 싸울 정도로 사이가 좋지 않다고 한다.

하필이면 미션이 주어진 장소가 그런 전장 중 하나라는 것은 유정상 입장에서도 당황스러울 수밖에 없었다.

은신술을 사용한 채로 다시 이동한 덕분에 놈들에게 발각되지는 않았다.

그렇게 병사들이 떠난 원통형 건물의 입구에서 조심스럽게 안쪽을 살펴보았다.

하지만 제대로 확인이 되지 않아서 유정상은 어쩔 수 없이 일단 안으로 들어섰다.

수욱.

"으엇!"

"악!"

건물의 안으로 들어서자마자 갑자기 바닥이 꺼지는 것처럼 아래로 빨려 들어가자 모두 헛바람을 들이켰다.

주코와 백정은 날 수 있는 능력이 있음에도 빨려 들어가는 힘을 뿌리칠 수가 없는지 버둥대기만 했다.

한참을 그렇게 떨어지다가 점점 낙하속도가 줄어들더니 곧 천천히 바닥에 착지했다.

유정상은 깜짝 놀랐지만 알고 보니 여기는 원래 이런 방식으로 이동하는 모양이었다.

"휴우. 정말 황당한 이동방법이군."

"이거 만든 자식 변태일거야. 이렇게 심장 철렁하게 만드는 마법을 걸어둔 걸 보면 말이야."

평소처럼 불만 섞인 음성으로 투덜거리는 주코였다.

그런데 어둠을 뚫고 내려왔음에도, 생각보다 빛이 잘 들어오는지 지하는 밝았다.

마치 중세시대 귀족이 살던 저택의 실내처럼 고풍스러우면서도 화려한 모양으로 꾸며진 실내와 천장이 눈에 들어왔다.

하지만 그보다 크고 넓은 규모의 실내는 그런 고급스러움을 압도하고 있었다.

거대한 돔구장의 수십 배는 가볍게 넘을 것 같은 규모의 실내.

거기다 그들이 서 있는 장소 한편은 지름이 백 미터 이상은 되어 보일 정도로 넓었고, 아래로는 끝도 보이지 않을 정도의 깊은 구멍이 자리하고 있다.

아니 자세히 살펴보니 단순한 구멍이 아니라 이것도 일종의 건축물로서 인위적으로 이렇게 만들어진 홀이었다.

그런데 그 아래를 내려다보니 벽면을 타고 붉은 색의 반들거리는 표면에 검은 반점이 있는, 마치 알처럼 보이는 것이 수천 개 이상 매달려 있었다. 마치 담쟁이 넝쿨처럼.

그걸 본 유정상이 주코에게 물었다.

"저게 다 뭐지?"

유정상의 물음에 잠시 생각을 하는지 머리를 긁적이던 주코가 손바닥을 탁하고 쳤다.

"맞아, 보잉의 알이다."

"보잉? 그게 뭔데?"

"마계에서 천계 놈들과 싸우기 위해 마법을 이용해 개량한 벌레형 몬스터야. 감정이 없고, 오로지 공격본능만 존재하는 몬스터야. 사나운 습성에다 통제가 어려워 번식을 중단시켜 이젠 사라졌다고 들었는데……."

그런데 잠깐 지켜보는 사이에 그 많은 알들의 표면에 기묘한 빛이 어리기 시작했다.

그리고 몇 개는 이미 표면에 조금씩 금이 가고 있었다.

공교롭게도 유정상이 이곳에 들이닥친 순간 부화가 시작된 것이다.

애초에 타이밍이 그랬던 것인지, 아니면 갑작스러운 침입으로 인해 예정보다 빠르게 부화가 시작된 것인지는 알 수 없지만 밖에서 싸우고 있는 천계의 병사들에게는 안 좋은 소식이었다.

하지만 유정상에게는 이런 것에 신경 쓸 틈이 없었다.

천계의 병사들이 어떻게든 알아서 할 거라고 여기며 유정상은 일단 커서의 방향을 따라서 맞은편 벽으로 이어진 자그마한 다리 위를 달렸다.

다리를 통과하니 또 다른 통로가 나타났고 유정상은 커서의 지시를 따라 그 안으로 들어갔다.

안으로 들어서자 다시 엄청난 크기의 실내가 유정상 일행을 맞이했다.

그곳에는 검은 옷을 입은 수없이 많은 숫자의 사람들이 바닥에 엎드려 있었다.

얼굴을 가린 검은색의 두건과 하늘로 뾰족하게 솟은 고깔모자를 쓴 그들은 모두 같은 말을 동시에 중얼거리고 있었다.

【시작이다.】

【시작이다.】

【시작이다.】

대충 봐도 일만 명 이상이 그렇게 바닥에 엎드려 있으니 이것도 나름 장관이었다.

그런데 그 모습을 본 주코가 놀란 얼굴로 유정상 곁으로 다가와서는 부르르 떨며 중얼거리듯 말했다.

"암흑사제야."

하지만 느긋하게 이곳에서 암흑사제가 무엇인지 묻기엔 곤란한 상황이다.

왜냐하면 그들이 모두 몸을 일으키더니 유정상의 일행 쪽으로 머리를 돌려 바라보고 있었기 때문이다.

어쩐 일인지 이곳으로 들어오는 순간부터 은신술이 풀려버렸는데 미처 그것을 인지하지 못하고 있었다.

"젠장!"

유정상이 잔뜩 인상을 쓰면서 투덜거리는 그때 암흑사제들이 모두 일어서더니 자신의 품에서 각종 무기들을 꺼낸다.

그리고 모두 같은 소리를 지껄였다.

【죽여라.】

【죽여라.】

【죽여라.】

이어 순식간에 사방에서 유정상을 향해 무기와 마법이 날아들기 시작했다.

"젠장, 이것들은 도대체 뭐하는 놈들이야!"

그렇게 떠들며 그 공격들을 피하고는 다급히 군주 포인트를 사용해 뱀파이어 50기를 소환했다.

뱀파이어는 한 마리당 군주 포인트를 100점이나 소모하는 녀석들이라 그런지 겨우 50기만으로 5,000점이 소모되었다.

하지만, 뱀파이어들의 활약은 그야말로 최고였다.

엄청난 속도로 암흑사제들에게 빙계 마법을 구사해서 얼려버리거나, 간간이 로드의 전용무기인줄 알았던 칼날의 회오리까지 사용하는 녀석들도 있었다.

칼날의 회오리에 휩쓸린 암흑사제 수십 명의 몸이 순식간에 분해되는 등 압도적 공격력을 보여주었다.

그야말로 일당백, 아니 일당천의 역할은 충분히 하고 있었다.

빙계 마법에 수십 명의 암흑사제들이 한꺼번에 얼어버렸고, 이어지는 날카로운 손톱공격에도 맥없이 부서져 나갔다.

물론 소환된 뱀파이어들도 엄청난 숫자의 암흑사제들에게 공격을 당하고 있었지만, 특유의 회복능력으로 상처를 회복시키며 무리 없이 싸워나가고 있었다.

간혹 출혈이 너무 많아 쓰러지기 직전까지 몰린 뱀파이어들은 곧바로 암흑사제를 붙들고 흡혈을 해 에너지를 보충하기도 했다.

"길을 열어라!"

유정상이 소리치자 50기의 뱀파이어들이 앞서 나가 암흑사제들을 쓰러뜨리며 길을 열었다. 그사이 유정상은 커서가 가리키는 방향을 확인하며 이동의 팔찌로 몸을 날렸다.

그러면서 동시에 바닥을 향해 폭격펀치까지 날리자 그 주변은 그야말로 아수라장이 되어 버렸다.

유정상은 지체하지 않고 몸을 돌려 다시 달렸다. 그것을 확인한 소환수 세 녀석들도 주변에 있던 암흑사제들을 쓰러뜨리는 것을 멈추고 같이 이동을 시작했다.

암흑사제들 중 마법을 사용하는 녀석들이 유정상이 지나가는 쪽으로 간간이 작은 불덩이를 날리고는 있었지만, 초급 마법에 불과해 별다른 피해를 줄 수 없었다.

한참동안 많은 수의 암흑사제들을 쓰러뜨리며 지하 홀을 가로질러 이동해 가는데 어느 순간 그들의 무리 사이에서 거대한 그림자가 생성되었다.

대충 봐도 높이가 8미터는 되어 보이는 거인이었다.

그리고 그림자가 걷히며 모습을 드러낸 존재는 팔이 6개나 달려 있었고 근육질에 괴기스럽게 생긴 거인이었다.

6개의 팔에는 똑같이 생긴 묵직한 칼이 들려 있었는데 유정상을 보자마자 그 칼들을 빠른 속도로 휘두르기 시작했다.

부웅. 붕. 붕. 붕.

유정상이 그 칼들을 피해내며 얼른 녀석의 정보를 확인했다.

6개의 팔을 가진 괴물의 이름은 '아수라', 레벨은 130이었다.

다시 유정상이 군주 포인트를 사용하자 근처에 빛을 뿌리며 거무튀튀한 무광의 코드골렘 5기가 소환되었다.

키는 3미터 정도에 불과한 코드골렘이었지만, 힘이 엄청난 데다 점프력과 스피드가 좋아 8미터 크기의 아수라를 상대로도 충분히 싸울 만하다는 판단을 내렸기 때문이었다.

콰앙. 쾅. 쾅.

과연 코드골렘들이 아수라에게 점프하며 달려들고는 거친 주먹으로 가격하자 아수라가 휘청거린다.

놈이 소리를 지르더니 거대한 칼로 코드골렘들을 베어 버렸다.

2기의 코드골렘이 토막 나며 바닥으로 떨어져 내렸지만, 이내 몸을 복구시키더니 아무 일도 없었다는 듯이 다시 달려든다.

상대가 칼을 이용한 공격을 구사한다면 충분히 천적이 될 만한 녀석들이 바로 코드골렘들이었다.

물론 다른 소환수들도 이젠 거의 코드골렘처럼 복구가 가능한 녀석들로 바뀌기는 했지만, 역시 파괴력과 회복력 그리고 스피드에서 코드골렘은 독보적이다.

다섯 기의 코드골렘과 아수라가 그렇게 얽혀 싸우는 동안 유정상은 주변의 암흑사제들을 해치우며 다시 이동했다.

어느덧 반대편 벽의 근처까지 다가가자 커다란 문이 보인다.

커서의 방향이 그 문 쪽을 향해 있는 것을 확인한 유정상은 문 앞을 막고 있는 암흑 사제 수십 명을 한꺼번에 폭격 펀치로 박살을 내버린 후 그것을 열었다.

끼이이이이익.

낡은 경첩이 시끄러운 소리를 내며 열린 문으로 얼른 들어가자 이번에도 길이 앞으로 쭉 뻗어 있었다.

다만 이번에는 양 옆으로 끝이 보이지 않는 낭떠러지에 위치한 5미터 정도 폭의 길이었다.

가까운 곳은 제법 넓은 길이었지만 저 멀리 이어지는 부분을 보면 마치 거대한 구덩이에 가는 실이 이어진 것처럼 보일 정도였는데, 어쩐지 지옥으로 이어지는 길처럼 보였다.

이번 던전은 실로 스케일만큼은 역대급이었다.

"이거, 끝이 있긴 한 거야? 커서 저 녀석은 길만 가르쳐 줄 게 아니라 남은 거리라도 알려줄 것이지."

주코가 투덜거리며 빠르게 이동해가는 유정상을 따른다.

"방향이라도 알려주는 걸 고맙게 여기라고."

"쳇, 이 와중에도 커서 녀석을 편드는 거 보소."

끝없이 뻗어 있는 길을 지나서 맞은편 문이 있는 곳까지 빠르게 이동해가고 있던 사이에 위쪽에 뚫려 있는 거대한 구멍에서 하얀색의 무리들이 떨어져 내리고 있었다.

자세히 보니 하얀 갑옷을 입은 천계의 병사들이었는데 그들의 등에는 하얀색 날개가 솟아 있었다.

그리고 아래에서도 검은색 무리들이 위로 솟구쳐 오르고 있었다.

이번엔 그들을 막기 위해 출동한 것 같은 검은 날개를 가진 마족의 병사들이었다.

그리고 유정상이 달려가고 있는 길 부근에서도 두 세력의 격돌이 일어나자 그 충격에 튼튼해 보이던 길이 흔들리더니 이내 무너져 내렸다.

끝이 보이는 상황이어서 재빨리 몸을 날린 유정상과 산제이가 백정과 주코에게 매달려 반대편에 있던 문까지 날아갔다.

그리고는 뒤쪽의 전투에 휘말리기 전에 얼른 몸을 날려서 그 문 안으로 들어갔다.

안으로 들어서자 거대한 쇠로 만들어진 것으로 보이는 기둥들 백여 개가 밑이 보이지 않는 아래에서 위쪽으로 뻗어 있었다.

그 사이를 잇는 여러 개의 거대한 쇠붙이들과 중간에 이어진 각종 기계뭉치들이 사방으로 정신없이 연결되어 있다.

마치 거대한 기계장치 속에 들어와 있는 기분이었다.

"이게 다 뭐야?"

그 사이에 놓아진 다리위에서 주변을 둘러보며 엄청난 규모에 경악했다.

정신을 차리고 커서를 이용해서 주변을 살피는데 어떠한 부품을 지나칠 때 고대하던 메시지가 떴다.

[에인션트 기어]

주코도 메시지를 확인하고는 기쁜 듯이 소리쳤다.

"엇! 이게 에인션트 기어구나!"

미션이 ['시동키'를 찾아 '에인션트 기어'의 작동을 중단시켜라]였는데 일단 에인션트 기어는 찾았다.

톱니바퀴 모양의 둥근 연결쇠로 크기는 지름이 대충 10미터 정도로 엄청나게 큰 부품이었는데, 모든 기계부품의 중심에 연결되어 있었다. 그리고 그것이 조금씩 움직이는 것이 확인되었다.

일단 에인션트 기어의 기능부터 확인해 볼 요량으로 커서로 다시 확인했다.

[에인션트 기어]
[마계의 전진기지, 다크 피라미드를 타 차원으로 이동시킬 수 있다.]

[일단 피라미드 이동이 완전히 성공하면, 200시간 후 모든 것이 완벽히 작동하며 본격적으로 차원침공이 가능해진다.]

"차원…… 침공이라고……?"

그냥 단순하게 생각하고 온 것인데 엄청난 미션이 부여되었다는 걸 뒤늦게야 알게 되었다.

하지만 처음부터 커서가 좌표를 알려주고 차근차근 진행된 미션이 아니다보니 중간단계를 건너뛰어 제법 난이도가 어려운 곳으로 와 버렸다는 건 그들도 정확히 알지 못했다.

그러나 상황이 이렇게까지 진행되었고 그것을 알아버린 이상 유정상으로서는 어렵든 쉽든 이건 무조건 막아야 하는 일이었다.

피라미드가 생겨난 곳은 중국이긴 하지만, 결국 시작점일 뿐이고, 가만히 내버려둔다면 지구는 마족의 침공을 받아 모두 초토화될 것이다.

그나마 이번 미션은 천계의 군사가 투입된 덕에 운이 좋아 그럭저럭 쉽게 뚫고 들어왔지만, 어쨌건 빨리 시동키를 찾지 않으면 결국 지구 전체가 위험해질 수 있다는 사실은 변하지 않았다.

유정상은 커서를 사방으로 날리며 이곳저곳을 살폈다.

이곳은 단순한 기계실에 불과한 것인지 각종 부품의 이름만 확인될 뿐 시동키는 보이지 않는다.

"하긴, 자동차도 엔진룸에 열쇠를 꽂아 시동을 거는 게 아니니까."

그렇게 중얼거린 유정상이 이곳을 직접 컨트롤 할 수 있는 장소를 찾았다. 그리고 다시 반대편으로 천천히 움직이며 계속 사방을 두리번거렸다. 주코나 백정도 날아다니며 유정상이 말한 장소를 찾기 위해 분주하게 움직였지만, 쉽게 눈에 띄지는 않았다.

그런데 그때 소름끼치는 기운이 유정상의 감각에 걸렸다.

익숙하면서도 두려운 느낌, 얼마 전에 분명 경험해본 그런 기운이었다.

"제길."

그렇게 말한 유정상이 허공의 한 곳을 올려다보았다.

그러자 무수한 거대 기계들 사이로 검은색의 허술한 누더기를 머리까지 뒤집어 쓴 존재가 있었다.

앞전 던전에서 유정상의 공격을 무위로 돌리며 압도적인 전투력을 보였던 존재.

"저 새끼는 던전을 제 앞마당처럼 넘나드는 놈인가?"

녹색의 기사와 결전을 벌이다 궁지에 몰려 도망쳤던 녀석이 다시 모습을 보이자 곧 뭔가를 떠올렸다. 그때도 녀석이 코드의 조각을 가지고 있었으니 이번에도 그럴지 모른다는 생각을 했다.

"버거운 놈이기는 하지만."

그래도 놈이 해답을 가지고 있다면 결판을 지어야 한다. 그때는 정체불명의 기사 도움을 받았지만 이번에도 그런 도움을 기대할 수는 없다.

놈이 몸을 날리더니 다리위로 가볍게 착지했다.

"주인, 도망쳐야 하는 거 아니냐?"

주코가 곁에서 소곤거렸다. 그런데 그 소리를 들었는지 산제이가 자신의 주먹을 날카롭게 만들며 소리쳤다.

"아니다! 저번의 굴욕을 되갚아 주자!"

"미친, 목숨을 보전하는 게 먼저야. 주인이 여기서 혹시라도 잘못 돼 버리면 우린 다 끝장이라고!"

그 말에 놀란 산제이가 주춤거렸다.

하지만 유정상은 피식 웃으며 주코의 말을 받았다.

"주코, 날 우습게보냐? 내가 그리 쉽게 당할 거 같아?"

자신감이 넘치는 유정상의 말에 곧 주코도 같이 웃었다.

"하긴, 주인이 성질은 더러워도 실력은 있지."

"킥킥 이 와중에도 쥐어 박히고 싶은가 보구만."

"……."

"자, 한번 제대로 싸워보자고!"

유정상이 양쪽 주먹을 팡팡 부딪치며 소리치고는 녀석을 향해 몸을 날렸다. 그러자 덩달아 다른 녀석들도 유정상을 따라 누더기의 괴인에게 몸을 날린다.

번쩍!

놈이 강력한 빛을 유정상에게 발사했다.

터엉!

커서 방패가 그것을 막아내자마자 유정상이 그 뒤에서 몸을 회전시켜 반월광을 날렸다. 이제까지의 반월광에다 새로운 기세까지 실어 평소보다 더 강한 공격이었다.

그런데 녀석이 반월광의 위력을 파악했는지 그것을 빠르게 피해내고는 유정상의 곁으로 빠르게 다가와서는 빛을 뿌린다.

완전한 근접전에는 커서 방패도 제대로 반응하지 못한다는 사실도 이미 파악한 모양이었다. 하지만, 그동안 잊고 있었던 스킬이 발동했다.

스슥.

놈의 공격이 유정상의 몸에 닿기 전에 순간이동을 시전한 것이다. 일종의 블링크 스킬로 드래곤을 사냥했었던 당시 얻었던 스킬이었는데 잊고 지내다 위급한 순간 발현된 것이다. 정확히 위기감을 느낀 육체가 순간이동의 스킬을 일깨워 위기에서 벗어난 것이다.

그 때문에 놈이 순간 당황했는지 주춤거렸고, 그 틈에 산제이가 놈의 다리를 베어버렸다. 그것을 녀석이 아슬아슬하게 피해냈지만, 곧 백정의 검이 허리를 스쳤다.

팟.

피가 튀었다.

놈도 순간 화들짝 놀라며 빠르게 몸을 뒤로 뺐다.

하지만, 미세한 허점이 생긴 이상 물고 늘어져야 한다는 걸 본능적으로 깨달은 유정상이 다시 순간이동으로 놈에게 접근해 주먹을 내질렀다.

퍼엉.

"크윽!"

놈이 처음으로 신음소리를 냈다.

두 번의 싸움 동안 한 번도 들어보지 못한 음성이었다.

그제야 놈도 유정상과 같은 생명체일 뿐이라는 생각을 하며 빠르게 몰아붙였다.

퍼퍼퍼퍼퍼펑.

강력한 주먹이 빠르게 연속으로 들어가자 놈이 막느라 정신이 없다.

보통은 거리를 두고 공격하는 일이 대부분이었지만, 이 놈에겐 그것이 절대 먹히지 않는다는 걸 두 번의 싸움으로 깨달은 유정상이 이번엔 근접전으로 싸움의 형태를 바꾼 것이다.

퍼퍼퍼퍼펑.

백정의 칼이 단 한 번 스쳤을 뿐이지만 그것으로 생겨난 허점은 컸던 것이다.

그리고 녀석은 궁지에 몰릴 거라고는 생각지 못했는지 더욱 당황하며 허둥댔다.

처음 교전했을 당시 여유를 부리던 놈의 모습을 떠올리면, 지금의 상태를 쉽사리 이해하기 어려웠다.

하지만, 다르게 생각해보면 강함에 비해 경험이 부족한 탓일 수도 있었다.

아무튼 녀석을 빠르게 몰아붙이는 사이에도 결정타는 이상하게 놈의 몸에 적중되지 않았다. 그렇게 수천 번 이상의 주먹이 녀석을 향해 뻗어갔지만, 자잘한 타격만 주었을 뿐 결국 결정타는 하나도 들어간 게 없었다.

그 때문에 반대로 공격해가던 유정상의 마음이 더 조급해졌다.

사력을 다한 공격으로 마나가 벌써 바닥을 보이고 있었기 때문이었다.

순간 유정상이 놈에게서 떨어졌다.

마나가 갑자기 떨어져 버리면 곤란한 상황에 닥칠 수 있다는 위기감 때문에 공격을 멈추고 자신을 추슬렀다.

그런데 놈이 빠르게 물러선 유정상을 보며 웃었다.

'당했다.'

녀석이 허둥대며 공격을 서두르자 그 때문에 유정상은 무리한 공격으로 놈을 마무리 지으려 했다.

하지만 처음부터 유정상의 마나고갈이 목적이었다는 걸 놈의 웃음으로 파악한 것이다.

그 때문에 유정상은 빠르게 인벤토리를 열어 클린볼과 푸른 포션을 몸에 떨어뜨리려 했다.

그러나 그 찰나의 순간, 번쩍거림과 동시에 놈의 손에서 무언가가 발사되었다.

콰앙!

평소처럼 커서 방패가 유정상을 가로막았다. 하지만 이제까지 느껴본 적 없는 어마어마한 충격에 방패가 완전히 뒤로 튕겨져 버리며 순간적으로 기능을 상실했다.

그리고 두 번째 공격이 유정상을 덮쳤다.

'제길!'

콰아앙!

그런데 유정상의 근처에서 폭발하며 약간 빗겨나갔다.

짧은 순간에 몸을 던져 막은 산제이 덕분이었다. 하지만, 산제이의 몸은 이미 그 충격에 완전히 조각나 버렸다.

"산제이!"

반사 신경이 뛰어난 산제이였으니 그렇게라도 유정상을 막아설 수 있었던 것이다.

하지만, 단 한 번의 공격으로 육체는 완전히 분해되어 버렸다.

그 짧은 사이 유정상은 다시 인벤토리에서 꺼낸 클린볼과 포션들을 자신의 몸에 한꺼번에 퍼부었다.

팟.

어느 정도의 컨디션을 되찾았지만, 이미 커서 방패는 반 이상이 파괴되어 복구하는데 최소 2분은 소요될 것이다.

유정상이 놈의 근처로 순간이동을 하자 녀석도 번쩍이며 빠르게 공중으로 이동해버린다. 그럼에도 계속 순간이동으로 놈을 쫓았다. 마나의 소모가 많았지만, 그렇다고 여기서

포기하고 돌아설 수도 없다. 녀석이 이번엔 그냥 보내줄 리
가 없기 때문에 포기하는 순간 죽음으로 이어질 것이다.

팟. 팟. 팟.

계속 놈을 순간이동을 이용해 쫓던 그때 순간 놈이 움찔
했다. 주코의 속박마법에 걸린 것이다. 주코의 마법엔 전
혀 걸리지 않던 녀석도 마구잡이로 몸을 이동시키다보니
한 곳만을 집중하며 마법을 걸던 주코에게 걸리고 만 것이
다.

그 찰나의 움찔거리던 순간 놈의 앞에다 황금검을 인벤
토리에서 꺼내 날렸다. 놈이 그것을 피해 몸을 회전시키며
유정상에게 빛을 뿌리려던 그 때였다.

황금검의 손잡이부터 빠르게 생성되는 육체.

우타슈가 황금검을 잡은 채로 몸이 완성되지도 않았음에
도 그것을 빠르게 놈을 향해 휘둘렀다.

푸샷.

놈의 팔이 단번에 잘려 나갔다.

"크아아아악!"

놈이 비명을 질렀다.

그리고 우타슈의 몸이 완성되자마자 놈을 공중에서 사정
없이 베어 들어갔다.

팟! 파슛! 팟!

놈의 몸에서 피가 튀기 시작했다. 그러나 일순간 놈의 손
에서 뻗어 나온 빛에 의해 우타슈의 머리가 터져나갔다.

우타슈마저도 몸이 분해되며 소환이 해제되었고, 황금검은 자동으로 유정사의 인벤토리로 이동했다.

하지만, 이번엔 유정상의 공격이 이어졌다.

콰가가가가가.

놈의 머리위에서 폭격펀치가 떨어져 내렸다.

그 공격에 연속으로 가격 당하자 처음엔 공격을 몸으로 받아내었다. 그러나 계속되는 폭격에 더 이상 버티지 못하고 다리 위쪽으로 떨어졌다.

번쩍!

이번엔 다리 위에 있던 백정의 쌍검이 떨어지는 놈을 향해 빠르게 빛을 뿌렸다.

그 때문에 놈의 몸이 다시 찢겨나간다.

"크아아아악!"

놈이 다시 비명을 질렀다.

그 때 같이 바닥으로 떨어져 내리던 유정상이 놈의 머리에 주먹을 휘둘렀다.

퍼퍼퍼퍼펑.

주먹기파 수십여 발이 놈의 머리에 직격하자 그 충격에 전신이 다리의 바닥을 뚫고 들어간다. 그리고 그 자리에서 빠르게 회전하며 놈의 머리에 반월광을 먹였다.

콰아아아아아앙!

폭발과 함께 놈이 다리의 바닥을 뚫고 아래로 떨어져 내렸다. 그리고 잠시 후 아래에서 번쩍하는 폭발섬광과 함께 강력한 빛에너지가 솟구쳐 올랐다.

유정상은 순간 이동을 팔찌를 이용해 몸을 날려 피해냈
지만, 백정은 빛에너지에 휩쓸려 버렸다.

"삐이이잇!"

백정마저 놈의 폭발 에너지에 휩쓸려 분해되더니 순간적
으로 소환취소가 되어버렸고, 이젠 주코 혼자만 남게 되었
다. 하지만, 아래에서 느껴지던 놈의 기세는 순간 사라져
버렸다.

[20레벨이 상승합니다.]

[현재 레벨은 208입니다.]

놈이 소멸한 탓인지 레벨이 올랐다.

많은 기계부품들 사이에 있던 유정상이 인상을 잔뜩 찌
푸린 채 아래를 내려다보았다.

중앙이 완전히 파괴된 다리 한쪽 끝 부분에 잡템들이 모
여 있다.

이 와중에도 보상은 착실히 커서를 이용해 챙겼다.

잡템들 사이에 새로운 아이템이 끼어 있었다.

[컨트롤 센서 주얼리]

검은색의 반투명한 보석으로 중앙에 붉은 빛이 보이는

특이한 물건이었는데 이름만 있고, 다른 추가적 설명은 없다.

이런 아이템은 목적이 있는 물건이라는 걸 경험으로 알고 있던 유정상이 그것을 인벤토리에 담았다.

그리고 다시 아래를 내려다본다.

놈 하나를 상대하는데 늘 붙어 다니던 소환수 둘과 황금 검 속 우타슈까지 소멸해 버렸다. 물론 일정한 시간이 지나면 다시 재소환될 테지만, 이런 식으로 소환 취소되는 건 역시 기분이 좋지 않았다.

주코도 유정상과 비슷한 기분이었는지 굳은 표정으로 입을 꾹 다물고 있었다.

그렇게 잠시 멍한 상태로 있던 유정상이 다시 고개를 들어 주변을 살폈다. 어느새 회복한 커서가 빠르게 주변을 훑었다. 그런데 방금 전까지만 해도 방향을 지시하지 않던 커서가 다시 그들이 서 있는 곳 위쪽을 가리켰다.

엄청난 거대 기계장치들이 얽혀 있는 곳.

유정상이 이동의 팔찌를 이용해 그곳으로 몸을 날렸다. 그리고 커서의 화살표방향을 확인하며 위로 계속 올라갔다.

거대한 기계부품들 사이로 몸을 날려 한참을 올라가자 기계들 사이에 둥그런 은색의 구슬 같은 것이 보인다.

지름 5미터 정도의 커다란 것으로 관리 잘된 은빛 쇠구슬처럼 표면은 거울같이 반짝거린다.

커서로 [에인션트 기어 통제실]이라는 걸 확인하고는 구슬의 입구를 찾았지만, 어디에도 문 같은 건 보이지 않았다.

'어떻게 들어가라는 거야?'

하지만 곧 떠오른 것이 있었다.

유정상은 인벤토리를 열어 놈을 죽이고 얻은 컨트롤 센서 주얼리라는 검은색 보석을 꺼냈다. 그리고 그것을 은색 구슬 표면에 가져가자 그곳에서 파동이 일었다.

파동이 멈추자 이내 유정상이 있는 방향으로 둥그런 구멍이 생성되었다.

'놀랍군.'

유정상이 속으로 감탄하며 안으로 들어갔다.

그리고 곧바로 다시 닫히는 문.

그런데 바깥에서 보던 것과는 달리 안에서는 밖이 잘 보인다. 마치 실내 외벽 모두가 투명 유리로 만들어진 것처럼 말이다.

밖에 있던 주코가 유정상이 들어간 곳을 바라보며 놀라 허둥대는 모습이 보였다. 그것을 잠시 바라보던 유정상이 피식 웃고는 이내 그곳의 실내를 살폈다.

그런데 그때 바닥과 의자가 생겨났고, 각종 기계 버튼들이 생겨났다. 신기하게도 익숙한 느낌의 의자와 기계 장비들이었다.

유정상의 의식을 스캔하고 사용자가 가장 익숙한 형태로 변한 것이다.

그리고 각종 버튼들 사이에 꽂혀 있는 검붉은 반투명 빛의 보석이 보인다.

커서로 그것을 확인했다.

[시동키]

역시 유정상이 찾던 물건이 틀림없다.

그것을 확인한 유정상이 한순간의 망설임도 없이 그것을 뽑아 버렸다.

우우우우우웅.

그 때문에 실내의 각종버튼에 들어온 빛이 사라지며 동시에 바닥과 의자 버튼들도 같이 사라져 버렸다.

그리고 조금씩 움직이던 각종 기계들이 동작을 멈추었다. 동시에 구슬의 입구가 다시 열린다.

곧바로 유정상이 바깥으로 나오자 메시지가 뜬다.

[미션완료]

['에인션트 기어'의 작동을 중단시켰습니다.]

[30레벨이 상승합니다.]

[현재 레벨은 238입니다.]

[보상으로 '질풍의 하운드 사탕'이 주어집니다.]

"질풍의 하운드 사탕은 또 뭐야?"

구슬 밖으로 나온 유정상 근처에 생긴 메시지를 확인한 주코가 황당하다는 표정을 지었다.

유정상도 주코와 같은 마음이라 커서로 확인해보았다.

[먹으면 확인가능]

"개그를 하는 건가?"

주코가 어이없다는 표정으로 메시지를 바라보았지만, 유정상은 별다른 반응 없이 인벤토리에서 그것을 꺼내 날름 입안에 넣었다. 그러자 입안에서 사르르 녹으며 목구멍으로 훌렁 넘어가 버린다. 맛을 음미할 틈도 없이.

그리고 곧이어 두 다리가 찌릿해지는 감각이 전해진다.

크그그그그그.

갑자기 기계들이 흔들리며 구석구석 가스가 새어나온다.

시동키를 뽑아서 생긴 현상일 것이다.

일단 이곳을 빠져나가는 것이 먼저라는 생각에 왔던 곳으로 다시 돌아가려 하는데 구슬 곁에 검은색 포탈이 생성되었다.

"어디로 통하는 통로지?"

커서로 확인해 봐도 아무런 메시지가 뜨지 않는다.

끼리리링.

그때 흔들리던 기계들의 이음새가 빠져나가며 바닥으로 부서져 내린다.

지하 전체가 흔들리기 시작하자 주코가 소리쳤다.

"주인, 따지지 말고 그냥 포탈로 들어가자!"

그 소리에 고개를 끄덕인 유정상이 포탈의 정체에 대한 의구심 따윈 버리고 무작정 그곳으로 뛰어들었다. 그리고 뒤따라 주코도 포탈 속으로 뛰어 들었다.

우웅.

그리고 울렁이는 벽을 넘어 새롭게 발을 디딘 곳은 피라미드가 잔뜩 모여 있던 장소의 바깥이었다.

"젠장, 전쟁터 한가운데로 들어와 버렸다. 이왕이면 이 곳을 벗어나게 해 줄 일이지."

바깥에 나오자마자 주코가 인상을 구기며 유정상에게 소리쳤다. 그도 그럴 것이 그들 주위엔 이미 엄청난 숫자의 병사들이 뒤엉켜 싸우고 있었으니까.

흰색 갑옷의 병사들과 검은 옷의 병사들, 그들이 서로 치열한 싸움을 하고 있었고, 주변엔 이미 많은 수의 시체들이 사방에 널브러져 있었다.

비릿한 혈향이 진동하는 전장의 한가운데서 유정상은 먼저 자신이 무엇을 해야 하는지부터 생각해내야만 했다.

일단 주변엔 검은 병사가 압도적으로 많았고, 흰색의 병사들은 빠르게 숫자가 줄어들고 있었다.

냉정하게 따지면 그들의 싸움에 유정상이 끼어들어야 할 아무런 이유가 없었으나, 이번 미션을 진행하면서 검은 병사들이 속한 피라미드에서 일어나는 각종 현상을 봤을 땐 흰색, 그러니까 천계의 병사들을 돕는 게 이롭다는 판단이 섰다.

일단 가장 가까이 있는 마계 병사들부터 처리하기 위해 유정상이 폭격펀치를 날렸다.

콰가가가가가.

순간 엄청난 기파가 떨어져 내리자 마족병사 세 놈이 그 자리에서 충격을 견디지 못하고 전신이 터져나가 버렸다.

그 때문에 주변의 시선을 끌어버렸다.

"화끈하게 가보자!"

"젠장, 주인이 또 미쳐버렸군."

"나와라 내 수족들아!"

남은 군주 포인트를 이용해 코드 드루이드, 코드 네피림, 그리고 진화된 코드골렘 5기를 소환했다.

뱀파이어의 경우엔 애초에 마계에서 활동하던 놈들이라, 싸움에 혼란을 줄 수도 있다는 판단이 들어 이번 싸움에선 불러들이지 않았다. 그리고 녀석들을 지휘하기 위해 드루 킹도 같이 소환했다.

그러자 전장 한가운데 생겨난 100여기의 소환수들이 유 정상의 명령에 따라 검은색을 적으로 삼고 전투를 시작했 다.

드루킹이 지휘를 시작하자 모두의 움직임이 체계적이며 효율적으로 마계 병사들을 상대해 나갔다. 덕분에 근처에 있던 마계의 병사들 숫자를 차근차근 줄여갈 수 있었다.

유정상은 드루킹에게 소환수들의 지휘를 맡긴 채 자유롭게 싸움터 속으로 몸을 날려 폭격펀치를 주무기로 사용해 마계 병사들을 휩쓸기 시작했다.

콰가가가가가가.

그리고 주코에겐 따로 지시를 내려두어 오랜만에 완전히 혼자의 몸으로 많은 숫자의 적들과 싸움을 해가고 있었다.

그러다보니 천계의 병사들도 유정상이 자신들의 편에서 싸우고 있다는 사실을 인식했는지 유정상이 불러들인 소환수들을 도와가며 놈들과 싸우기 시작했다.

특히나 마갑을 두른 유니콘을 탄 백색의 기사들은 유정상 일당(?)의 도움을 받아 검은 병사들 사이에서 사악한 흑마법을 시전하던 검은 주술사들에게 거침없이 달려들 수 있는 기회를 얻어 많은 수를 도륙할 수 있었다.

마계 쪽으로 기울던 전황이 유정상의 개입으로 인해 다시금 원점으로 돌아왔고, 궁지에 몰렸던 천계의 군대는 조금씩 상황을 반전시킬 수 있는 기회를 엿볼 수 있었다.

그러나 그것만으로는 전세를 완전히 뒤집기에는 무리가 있었다.

그런 와중에 피라미드 주변에 있던 결계가 모두 제거되었다.

유정상의 지시를 받은 주코가 결계가 있던 장소에 잠입해 결계 주문을 파훼한 것이다.

싸우는 도중 유정상이 커서를 이용해 주변 결계에 영향을 주는 조그마한 형태의 피라미드와 대략적인 위치를 확인해 그쪽으로 보냈던 것이다.

대충 알려준 터라 크게 기대를 하지 않았지만 주코 특유의 재치와 능력으로 생각 이상 빨리 그것을 제거한 것이다.

덕분에 주변 결계가 완전히 사라져 천계 군대가 직접 이곳으로 워프를 대량으로 시전 해 빠르게 전세를 뒤집기 시작했다.

그렇게 승기를 잡아가던 사이, 또 다른 문제가 발생했다.

바퀴벌레처럼 생긴 벌레들이 바닥을 뚫고 대량으로 튀어나오기 시작한 것이다.

"보잉이다!"

주코가 그것을 보고 소리쳤다.

유정상이 지하에서 발견했던 수많은 알의 정체, 그 알들이 부화해 바깥으로 튀어나온 것이었다.

승용차만 한 크기의 벌레들 수천 마리가 갑자기 전장에 나타나자 삽시간에 주변이 검은색으로 물들어 버렸다. 그런 녀석들이 마구잡이로 눈에 띄는 모든 생명체를 향해 달려들기 시작했다.

애초에 이놈들에겐 같은 보잉 말고는 모두 적군인 관계로 마족병사들마저 녀석들에게 공격을 당했다. 물론, 병사 하나하나가 모두 강한 존재들이라 쉽게 당하지는 않았지만, 문제는 그 수가 너무 많았다는 사실이었다.

그때 하늘에서 많은 수의 비행 물체가 모습을 드러냈다.

대충 200여 마리의 비행 몬스터들이었는데 가까이 다가
오자 그 존재를 알 수 있었다.

드레이크.

그 선두에 있는 녀석은 유정상의 소환 드레이크인 드라
칸이었다.

콰아아아아아아.

200여 마리의 드레이크들이 일제히 땅위를 뚫고 나오는
보잉을 향해 화염을 뿌려댔다.

그러자 그 공격으로 불덩이에 휩싸인 보잉들.

녀석들은 화염계열의 공격에 취약했던지, 움직임을 멈추
고 그 자리에 풀썩 땅에 몸을 쳐 박는다.

보잉으로 반전을 노렸던 마족 군대가 점차 전의를 상실
해갔다.

그들의 술사들도 거의 전멸한 상태. 마계의 병사들만으
로는 이 전투를 뒤집을 방법이 보이지 않자 모두 흩어지기
시작했다.

반대로 천계의 군대는 사기가 하늘을 찔렀다.

그렇게 삽시간에 남은 마계의 병사들을 소탕해 들어갔다.

"제임스, 여기 녀석의 시선을 끌어줘!"

"알았어!"

마치 보디빌더를 연상시킬 정도의 거대한 몸을 가진 헌터슈트의 사내가 커다란 머리에 돌기가 솟은 몬스터 뱀의 시선을 끌기 위해 거대한 검을 이용해 놈을 후려친다.

그러자 주변에 있던 헌터들에게 달려들려 하던 뱀의 시선이 거한 제임스에게 쏠린다.

그때 주변의 헌터들이 일제히 원거리 공격무기를 이용해 공격을 시작했다.

번쩍.

슈슛. 슈슈슛.

마나오토건과 마나 샷건을 이용한 공격이 들어갔다.

"쿠어어어어어!"

헌터들의 집중공격을 받은 거대한 뱀, 아이언 스네이크가 비명을 지르더니 곧 머리를 바닥에 떨어뜨린다.

쿠웅!

그 때문에 주변에 먼지가 자욱하게 날린다.

먼지를 뚫고 수십여 명의 헌터슈트를 입은 각성자들이 아이언 스네이크의 사체 앞으로 모여들었다.

"일단 이곳에서 쉬다 이동해야 할 것 같은데?"

누군가 소리치자 모두 고개를 끄덕인다.

"블랙로브는 굉장하군, 이런 곳을 혼자 뚫고 갔다는 말인가?"

"어쩌면 이미 몬스터들에게 당했을지도 모르지."

"후후 아니야. 아직 그의 향기가 저곳을 향해 있어."

추적술 능력자 사르코가 피식 웃으며 말했다. 그는 독특하게 냄새로 사물을 추격하는 능력을 가지고 있었는데, 특히 살아 있는 생명체의 경우엔 냄새로 생사여부를 파악할 수 있었다. 물론 추격술을 한 개로 정해 두었을 때의 이야기지만.

"이런 무지막지한 몬스터가 이렇게 많은 곳에서 어떻게 그리도 빨리 이동한 거지? 예전처럼 대규모 몬스터를 부렸다면 흔적이라도 남았을 텐데, 그런 것도 보이지 않으니 황당하군."

"그의 흔적이 아예 없었던 건 아니지, 피라미드 실내를 빠져나올 때 기둥이 파괴되어 있었잖아. 우리가 들어오기 직전에 생긴 흔적이었어."

"무슨 일이 있었던 걸까?"

"독의 흔적이었다."

이제까지 아무 말 없던 주술과 독 파훼 전문인 키건이 입을 열자 모두 주목했다.

"독? 그럼 그 곳에 원래 독이 계속 분출되고 있었다는 건가?"

"아마도."

"어지간한 독이라면 우리 정도의 각성자들에게는 통하지 않는다고."

"글쎄, 흔적과 향기, 그리고 점도를 보건데 일반적인 종류의 독은 아니었다."

"일반적인 것이 아니라고? 죽이는 게 목적이 아니었다는 거냐?"

"그래. 그 독은 몸에 영향을 주는 것이 아니라 정신에 영향을 주는 주술도 함께 섞여 있는 것 같았다."

"독에 주술을 걸었다는 건가? 그럼……."

"그래. 일종의 환각상태를 만드는 독으로 보였다. 정확히 어떤 식의 환각을 만드는 것인지에 대해선 겪어보지 않았으니 알 수는 없지만."

"그것을…… 블랙로브가 부숴 버렸다는 거군."

"그래. 확신은 못하겠지만, 어쩌면 뒤에 투입될 우리를 위해서 그랬다고 봐야지."

"의외인데? 블랙로브 성격이 완전 양아치라더니."

"돈을 받았으니 그만한 값을 치른다는 생각을 했을지도."

"우리 쪽에서 그에게 아무것도 요구하지 않았잖아."

"공짜가 신경 쓰였을지도 모를 일이야."

"후훗, 꽤나 재미있는 작자로군."

각성자들의 대화가 진행되는 동안 먼 곳에서 폭발음이 들려왔다.

그 때문에 모두 자신의 장비를 확인하며 자세를 잡는다.

"무슨 일이지?"

각성자 중 한 명이 리더인 닉에게 묻자, 그는 주위를 한 번 돌아보더니 눈을 빛낸다.

이어서 닉의 눈빛에 이끌리듯 근처에 붉은 긴 꼬리를 한 오렌지 빛의 화려한 새가 그에게 날아들더니 어깨 위에 내려앉았다.

닉이 그 새에게 뭐라고 알아들을 수 없는 말로 중얼거리자 푸드득 날아오르더니 폭음이 들린 방향으로 빠르게 이동했다.

20여분 후, 날아갔던 그 새가 다시 돌아오더니 닉의 어깨에 앉아 독특한 새소리를 낸다.

그 소리를 잠시 동안 듣던 닉이 다시 눈을 감았다 뜨자 곧 빛나던 눈이 평상시의 모습으로 돌아왔다.

그러자 새는 퍼뜩 정신을 차린 것처럼 놀라서 날아오르더니 다시 원래 자신이 있던 곳으로 돌아갔다.

"뭘가 본 게 있어?"

"아무래도 심상치 않아, 어쩐지 전쟁이라도 난 것 같다."

"뭐, 전쟁?"

황당한 이야기를 들었다는 듯 모두 놀라 닉을 바라만 본다.

"던전 안에서 전쟁이 났다고? 도대체 무슨 소리야? 설마, 이곳에 문명인이라도 있다는 건가?"

"피라미드까지 생성된 마당에 문명이나 인간이 없다고 확정지을 수는 없지. 아무튼 내가 본 건 전쟁이 맞아. 거리는 대략 20킬로미터 전후, 방향은 사르코가 가리킨 곳이었다. 그런데 그곳에서 엄청난 수의 검은색과 흰색의 무리들이 노란 안개 속에서 전투를 벌이고 있었어."

"노란 안개 속?"

모두는 닉의 이 황당한 이야기를 듣고도 전혀 의심하지 않는다. 그 만큼 그들은 닉의 이런 능력을 곁에서 많이 보아왔으니 당연한 일이었다.

"그래, 그 안으로는 들어갈 수 없다는 경고를 들었다. 아무래도 일종의 결계로 보였다."

"도대체 전쟁을 벌이고 있는 이들은 누구라는 거야?"

"그건 나도 모른다."

모두의 표정이 심각해졌다.

이렇게 황당한 던전도 처음이지만, 던전 안에서의 전쟁이라는 건 예상도 못해본 일이었다.

"아무튼, 그런 곳으로 블랙로브가 들어갔다는 건가?"

"정확한건 모르지. 다만 사르코의 말대로라면 그 전쟁터가 그가 이동해간 방향과 일치한다는 것뿐."

이제까지 피라미드에서 이동한 거리가 1킬로미터가 채 되지 않는 그들에게는 너무나도 먼 곳이 틀림없었다.

그도 그럴 게, 조금만 이동해도 상대하기 벅찬 몬스터들이 나타났기 때문이었다.

이런 상황에서 블랙로브가 어떻게 저곳까지 이동했는지에 대한 의문이 맴돌았다.

하지만, 한편으로는 그가 은신술에도 일가견이 있다는 걸 알고 있었기에, 몬스터들의 눈에 띄지 않고 움직였을지도 모른다고 판단했다.

여러모로 미스터리한 인물이라는 건 틀림없었다.

"그나저나 흰색과 검은색이라니 마치 천사와 악마의 싸움 같잖아."

"그러게."

그렇게 다시 전열을 가다듬고 이동을 준비하려는 그때 근처에서 엄청난 폭발음이 터졌다.

콰아아아앙!

그 소리에 전부 장비를 갖추고 잔뜩 긴장한 상태가 되었고, 그중 정찰에 능한 두 명이 몸을 날려 인근의 가장 큰 나무 위로 올라갔다.

그리고 다시 폭발이 일어났다.

검은 연기가 가까운 숲에서 일어났고, 나무위로 올라간 두 명에게는 뭔가 계속 번쩍이는 모습만 관찰되었다.

정찰하는 헌터들이 빛나는 장갑을 착용한 채 손으로 아래쪽으로 신호를 보낸다.

던전 안에선 기존의 통신장비로는 통신이 불가능했기에 이런 식으로 헌터들은 미리 정해 둔 수신호를 주고받는 일도 흔했다.

"빠른 물체 몇 개가 얽히는 모습이 보인다. 정체는 확인 불가."

신호를 읽던 헌터가 그렇게 말하자 주변에 있던 이들이 더욱 경계를 하며 자신의 무기를 움켜쥐었다.

번쩍!

콰아아아아앙!

다시 폭발이 일어났다. 이번엔 바로 근처였다. 그들이 있는 장소와 불과 100미터 안팎이다. 그리고 곧 뭔가가 그들이 있는 장소로 날아들었다. 모두 폭탄이 아닐까 생각하며 그 자리에서 흩어졌다.

쿵!

데구르르르.

확인해 보니 그렇게 날아든 것은 검은색 갑옷을 입은 기괴한 얼굴을 가진 이계 종족으로 보였다.

꽤나 거칠게 날아와서 굴렀는데도 죽지 않았는지 부들거리며 몸을 일으켰다.

잔뜩 긴장한 얼굴을 한 각성자들이 갑자기 등장한 검은 갑주의 사내를 경계하며 서 있다.

검은 갑옷의 그가 힘겹게 일어서더니 각성자들을 쓱 돌아보면서 길게 찢어진 입을 크게 벌리고 사나운 괴성을 토했다.

그러자 커다랗고 날카로운 뾰족한 이빨이 마치 상어를 연상시킬 정도로 이질적이었다.

순간 각성자 중 한 명이 마나샷건을 날렸다.

퍼엉!

그러나 그 이계인의 갑주에 닿기도 전에 마나탄이 폭발해 버렸다.

이어서 검은 갑주의 이계인이 자신에게 마나탄을 날린

사내를 향해 손을 가볍게 휘두르자 샷건을 쏘았던 헌터가 한순간 자신의 무기와 함께 반으로 갈라져 버린다.

푸각!

그 순간 경악한 각성자들은 모두가 이계인을 향해 원거리 공격무기를 정신없이 쏘아댔다.

파캉! 투다다다! 꽝! 타앙! 타다다다! 피슝!

엄청난 발사음이 동시에 울려 퍼졌지만 역시 놈의 갑주에 닿기도 전에 일찌감치 막혀 버렸고 놈도 그런 공격 따위 전혀 신경 쓰지 않는다는 듯 주변을 그저 잔뜩 긴장한 표정으로 살피고만 있었다.

마치 무엇에라도 쫓기고 있는 듯 보이는 모습이었다.

그러나 주변에 있던 헌터들은 그런 녀석의 행동에는 신경 쓰지 못하고 그저 계속해서 미친 듯이 공격을 할뿐이었다.

무수한 공격이 그에게 퍼부어졌지만 마치 보호막이라도 있는 것처럼 그의 몸에는 닿지 못하고 주변에서 터져나갔다.

헌터들은 믿을 수 없는 상황에 경악을 하면서도 그 공격을 멈출 수 없었다.

방금 동료가 저자의 손짓 한 번에 어이없이 반으로 조각나며 목숨을 잃은 걸 보았으니 당연한 일이었다.

그런데 그때 이계인이 갑자기 몸을 날린다.

엄청난 스피드라 그곳에 있던 모든 헌터의 시야엔 아예 잡히지 않을 정도였다.

그러나 다음 순간 비명소리가 들려서 돌아보니 그가 공중에 멈춰 있었다.

"끄아아아!"

놈이 보이지 않는 힘에 의해 붙들리기하고 했는지 공중에서 버둥거렸다.

그리고 목에 있는 뭔가가 팅 하는 소리와 함께 떨어져 나가버리자 놈은 더욱 놀란 눈이 되어서 마구 버둥거렸다.

너무 빠른 순간에 일어난 일이라 헌터들 중에서는 이런 상황을 눈치 챈 이는 주변에 아무도 없었다.

어떻게 된 영문인지 알 수 없어 모두 어리둥절해 있는데 곧바로 허공에 붙들렸던 그가 다시 바닥에 처박힌다.

마치 무언가 알 수 없는 힘에 의해 바닥에 내동댕이쳐진 것처럼 보였다.

쿠웅.

하지만 그런 충격에도 몸을 일으키더니 다시 몸을 날리려 했다.

그런데, 그가 서 있던 자리에 엄청난 에너지파동이 떨어져 내렸다.

콰가가가가가.

"끄아아아아아악!"

엄청난 에너지로 인해 주변으로 퍼져나가는 풍압이 일자 모두 몸을 휘청거렸다.

콰아아아앙!

놈이 비명을 지르더니 그 자리에서 터져나가 버렸다.

그 순간 모두가 얼어붙은 듯 그 자리에 멈춰 검은 이계인이 처참하게 박살나버린 모습을 그저 멍하게 바라보고 있었다.

지금 도대체 그들의 눈앞에서 벌어진 일이 무엇이었는지 도무지 알 수가 없었던 것이다.

"도, 도대체 지금 무슨……."

모두가 입을 다물지 못하고 그저 멍하게 서 있었다.

그런 그때 공중에서 무언가가 바닥으로 떨어져 내렸다.

탁.

가볍게 착지한 또 다른 검은 물체.

그것은 그들도 익숙한 인물, 블랙로브였다.

"뭐야, 아직 이런 곳에 있었던 건가?"

무심한 듯 말하며 헌터들을 돌아보던 그가 방금 박살난 검은 이계인의 흔적을 잠시 내려다보더니 별일 아니라는 듯 가볍게 말한다.

"흐음, 이제 모두 처리한 건가?"

그의 중얼거림에 그제야 모두가 정신을 차렸다. 그리고 그중 리더인 닉이 블랙로브에게 다가갔다.

"브, 블랙로브?"

그 말에 블랙로브가 닉 쪽으로 시선을 돌렸다.

닉은 로브 속 검은 그림자로 인해 얼굴이 보이지 않아서 인지 감정을 파악하기 힘들어 더 상대하기 어려운 자라는 생각에 긴장이 되었다.

하지만 지금 그들 앞에서 일어난 일에 대해서는 알아야
했다.

"이, 이자는 누구죠?"

"……."

"마, 말씀해 주시면 안 됩니까?"

그러자 잠시 주변을 둘러보던 블랙로브가 특유의 저음으
로 대답했다.

"마계의 병사."

"네?"

마계의 병사라는 말에 닉뿐만 아니라 뒤에 선 헌터들도
모두 놀란 표정이다.

이제까지 무수한 헌터들이 던전을 공략해왔지만, 마계의
존재가 알려진 적은 거의 없다.

간혹 악마 같은 존재들인 언데드들이 마계나 혹은 지옥
에서 왔다는 이야기를 떠돌지만 누구도 어디에서 온 놈들
인지 까지는 알 수가 없었던 것이다.

그런데 지금 블랙로브는 저 검은 갑주의 이계인을 정확
히 마계의 병사라고 말을 한 것이다.

"마계라면, 정말 그 마족이 산다는 그 마계 말입니까?"

"맞아."

"그럼, 왜 이자와 당신이 싸운 거죠?"

"그런 건 알 거 없다. 너희들이 알아봐야 좋을 것도 없고."

"저, 저기……."

"그만!"

그렇게 말한 블랙로브가 더 이상 볼일이 없다는 듯 몸을 날렸다. 그러자 그의 모습이 순간적으로 그들의 시야에서 사라져 버렸다.

특유의 은신술을 발휘하자 그들 중 누구도 블랙로브의 모습을 확인할 수 없었다.

다만 사르코만이 미세하게 블랙로브가 사라진 방향을 추측하고 있을 뿐이었다.

❖　❖　❖

던전에 들어갔던 미국 헌터들이 다시 바깥으로 나오자 모든 방송이 그들에게 집중되었다. 중국 헌터들이 모두 던전에서 행방불명이 되었던 것에 반해, 미국헌터들은 한 명의 희생을 제외하고는 모두 안전하게 빠져 나왔기 때문이었다.

그런 사실 때문에 많은 세계 언론은 던전에서 그들이 겪은 일에 대해 궁금해 했지만, 중국과 미국의 밀약에 의해 정보 유출을 금지하고 있었던 터라 언론은 헌터들에게 접근할 수 없었다.

하지만 언론들 역시 그들이 살아나온 것은 블랙로브의 활약에 의한 것임을 짐작하고 있었던 터라 그 점을 부각시켜 방송을 하고 있었다.

특히나 한국 방송의 경우엔 블랙로브가 피라미드 속에서 어떤 활약을 했을까 하는 것에 대한 방송이 많이 나갔고, 특히나 그의 열혈 팬임을 자청하는 고현아 역시도 중국에 와 있었던 상태라 현지에서 생방송을 진행할 수 있었다.

그리고 미국 헌터들이 던전을 빠져나오고 두어 시간이 흐른 후, 던전 에너지 측정기로 확인해 본 결과 던전이 안정화가 되었다는 정보가 떴다.

그리고 다시 대략 5시간 정도 후에 블랙로브가 던전을 빠져나오는 것이 각종 방송 카메라에 잡혔다.

당연히 그런 일련의 흐름은 이번 피라미드 던전의 안정화가 블랙로브의 공이라는 명백한 증거로 보였다.

커서 마스터
Cursor Master

3. 저주에 걸린 그루핀

커서 마스터

Cursor Master

3. 저주에 걸린 그루핀

그 일이 있고 난 뒤 며칠 후, 중국정부는 던전의 등급을 8성급으로 규정지었고 그 이후로는 철저히 외부로 정보를 차단하며 국가에 던전을 귀속시켰다.

어차피 유정상이야 받을 돈은 받았으니 그들이 그 던전에 대한 권리로 무슨 짓을 하던 관심이 없었다.

그리고 더 이상 중국에 있어야 할 이유가 없어 곧바로 한국으로 돌아왔다.

한국에 돌아오고 난 다음날.

유정상이 모처럼 하루를 아무것도 하지 않고 늘어지게 늦잠을 자고 있는데 오후에 친구 박병석이 찾아왔다.

"아직 자는 거냐?"

"시차적응."

"시차적응은 개뿔."

"시끄럽거든. 먹고 싶은 건 냉장고에서 꺼내 먹고 조용히 TV나 보라고."

유정상이 침대에서 일어나지도 않고 대답하니까 박병석이 똥마려운 강아지마냥 안절부절못하다가 다시 유정상을 불렀다.

"야, 유정상!"

"아, 또 왜?"

결국 유정상이 짜증 섞인 음성으로 대답하며 몸을 일으키자 순간 박병석의 얼굴이 활짝 피더니 웃으면서 말했다.

"같이 가자!"

"어딜?"

"누님 일하는 식당."

"거긴 뭐 하러?"

놈의 목적이야 뻔했지만 유정상은 일부러 인상을 쓰면서 따지듯이 물었다. 그러자 박병석이 의외로 솔직하게 대답한다.

"요즘 누님 얼굴보기 너무 힘들어. 거기다 그 식당이 워낙 고가라서 함부로 들어가기도 어렵잖아. 그러니까 오늘 네가 한턱 쏴라!"

"순전히 누나 얼굴 보기 위해 그 비싼 음식을 사라고?"

친구의 대답에 황당하다는 표정을 지으며 유정상이 다시 물었다.

매일 보는 친누나의 얼굴을 좀 보자고 그 비싼 음식을 사라니 정말 말도 안 되는 짓이라는 생각이 들었다. 하지만 유정상의 황당한 표정에도 박병석은 전혀 물러날 기색이 없었다.

"에헤이, 요즘 돈 잘 번다고 소문이 파다하던데 좀 써라."

"소문이 날 리가 없잖아."

"함 쏴!"

논리도 뭣도 없는 녀석의 억지에 결국 마지못해 승낙한 유정상은 누나 유정인이 일하는 식당에 오랜만에 끌려가듯 찾아갔다.

유정상이 입구에 들어서자 입구를 지키던 젊은 남자 직원이 유정상과 박병석의 모습을 살짝 훑어보더니 묻는다.

"예약은 하셨나요?"

"어? 전에는 그런 거 안 물어 보더니."

"죄송하지만, 예약되지 않은 손님은 받을 수가 없습니다."

"……라는데?"

유정상이 하는 수 없다는 얼굴로 박병석을 돌아보며 말하자 무척이나 실망한 표정이다.

유정상은 그냥 장난이었지만 박병석은 이 상황을 진짜 진지하게 받아들인 것이다.

사실 유정인을 만나려면 저녁에 다시 와도 되지만, 그녀가 요리사복을 입은 모습을 보고 싶어서 자고 있던 녀석까지 억지로 깨워서 끌고 온 박병석이었다.

그런데 입구에서부터 예약손님이 아니라 들어갈 수도 없다고 퇴짜를 놓으니 실망이 이만저만 아니었다.

말로는 얻어먹겠다고 했지만 사실 박병석은 알바로 모은 돈을 탈탈 털어서 가지고 왔다.

그런데 그런 노력도 모두 물거품이 되어버린 것이다.

갑자기 세상이라도 무너진 것처럼 실망한 얼굴이 된 박병석을 보니 유정상의 마음이 조금 아프다.

그래도 미래엔 유정상이 힘들어 할 때 나름 매형이라고 누나 몰래 용돈도 챙겨줄 정도로 의리는 있는 녀석이었다.

자신이 누나와 친구의 결혼을 반대했던 입장이었지만, 그렇다고 이런 상황에서 나 몰라라 하고 돌아서는 것도 영 내키지 않은 것이다.

그래서 곧바로 전화를 돌렸다.

"지훈이냐? 응. 나다. 지금 누나 일하는 식당에 찾아왔는데 예약하지 않으면 안 된다고 해서. 어, 그래. 알았다."

유정상이 전화를 거는 모습에 입구에 있던 직원이 피식 웃는다.

누구에게 전화를 거는지는 몰라도 이 가게는 전화 한 통으로 예약 없이 이용할 수 있을 만큼 그리 만만한 곳이 아니었기에 그냥 허세를 부린다고 생각한 것이다.

하지만, 곁에 있던 박병석은 설마 하는 눈으로 유정상에게 다가와 속삭이듯 물었다.

"지훈이면, 거 뭐냐. 혹시 막내…… 아드님?"

"막내 아드님은 또 뭐야? 막내아들이지."

"막내 아드님이지! 우리랑 다른 세계에서 지내시는 분인데."

"뭐라는 거야? 개소리 말고 잠깐 기다려봐."

그렇게 대답하는데 식당 안쪽에서 누군가 급히 뛰어나오는 모습이 보인다.

전에 왔을 때 몇 번 얼굴을 마주친 적이 있어 기억하고 있던 중년의 사내였는데, 아마도 이곳의 점장 인 걸로 기억하고 있었다.

"아이고, 오셨군요. 저희는 그것도 모르고. 일단 절 따라 오시죠."

"네."

유정상이 그를 따라 들어가자 박병석이 약간 얼떨떨해하며 두 사람을 따라갔다.

앞서가던 점장이 살짝 고개를 돌려 입구에 있던 젊은 직원을 사나운 눈빛으로 돌아보았다.

그러자 그 직원은 겨우 벌어졌던 입을 다물고 마른침을 꿀꺽 삼키며 자세를 바로 했다.

그리고 점장이 들리지 않게 입모양으로 '너 죽을 줄 알아.'라고 하자 직원이 흠칫 놀라며 식은땀을 뻘뻘 흘리기 시작했다.

점장은 곧 자연스럽게 웃는 얼굴로 바뀌더니 유정상을 식당의 가장 고급스러운 3층 창가 개인실로 안내했다.

"정인 씨 부를까요?"

"아, 네. 부탁드립니다. 그리고 음식은 이걸로."

유정상이 메뉴판에 있는 적당한 것을 가리키자 알겠다며 인사를 하고는 서둘러 문을 닫고 나간다.

"정말, 너 그 막내 아드님과 친하긴 친한가보네."

"나 참, 아드님이라고 하지 말라니까. 듣기 거북하게. 니가 뭐 그 집 종이냐? 알지도 못하는데 뭔 놈의 아드님?"

"그렇지, 지금 회장님의 막내 동생분이구나."

"얼씨구."

"넌 임마. 직장이 탄탄하니까 그렇지. 난 정말 걱정이 태산 같다니까."

"졸업할 때까지는 딴 데 신경 쓰지 말고 공부나 열심히 해."

그 말에 순간 박병석의 얼굴이 밝아졌다.

"혹시, 나 어디 적당한 곳에 낙하산으로……?"

그때 문을 두드리는 소리와 함께 음식을 든 여자 직원 두 명이 들어와 맛깔스러운 해물요리를 세팅했다. 그런데 그 요리들은 척 보기에도 심상치 않은 포스를 풍긴다.

여직원들이 나가자 놀란 얼굴의 박병석이 호들갑을 떨었다.

"으헥, 이거 엄청 비싼 거 같은데?"

"이 정도는 사줄 수 있으니까 그냥 조용히 먹어라."

"모자라면 내가……."

박병석이 뭔가 이야기를 하려는데 문이 열리더니 깔끔하고 하얀 요리사 복장의 유정인이 모습을 드러냈다.

그리고는 마음에도 없는 투덜거림으로 유정상을 반겨주었다.

"바쁜데 왜 일하는 곳에 와서는 불러내고 그래."

"나한테 뭐라고 하지 마, 이놈 때문이니까."

유정상은 바로 손가락으로 맞은편을 가리키며 누나의 투덜거림을 패스해 버렸다.

유정인은 맞은편에 앉은 박병석을 보더니 살짝 놀란 표정으로 식탁에 다가 앉으며 말했다.

"어머. 벼, 병석이도 왔니?"

"아, 안녕하세요. 누나."

그런데 어째 순간적으로 느껴지는 두 사람의 눈빛이 이상하다.

유정상이 미국에 가 있는 동안 무슨 일이라도 있었던 걸까싶게 뭔가 미묘한 느낌이다.

그런 유정상의 눈빛을 의식했는지 다시 어색한 침묵이 흐른다.

유정인의 평소 모습이라면 절대 박병석 앞에서 저런 모습을 보일 리 없다는 걸 잘 아는 유정상이 다시 의심스런 표정으로 두 사람을 살핀다.

"크흠, 누나. 요즘 일하시는 거 어때요?"

"괘, 괜찮아. 재미도 있고."

"다, 다행이네요."

"어이쿠, 두 분, 쇼를 하세요. 쇼를."

그 말에 두 사람의 표정이 경직되었다.

갑자기 왜 박병석이 이렇게 억지까지 쓰면서 이곳으로 끌고 왔나 했더니 사귀기로 한 지 얼마 되지 않은 상태라 더욱 얼굴이 보고 싶어서 자신을 이용한 모양이었다.

예전의 유정상이었다면 무척 화가 났을 수도 있는 상황이었지만 이미 미래를 경험하고 돌아온 탓에 두 사람이 이미 부부로서 두 아이의 부모였던 사실도 기억하고 있었다.

그렇다보니 이젠 이들의 마음도 이해할 수 있을 것 같은 기분이었다.

누나가 식당일을 배우느라 요즘 정신이 없다는 것을 알고 있으니 두 사람이 제대로 만나서 데이트 할 시간이 없었을 것이다.

처음 시작하는 연인들이 어떻다는 것쯤은 유정상도 잘 알고 있었으니 그냥 모른 척 해주자는 생각도 들었다.

사실, 유정상이 식당을 찾으면 필수적으로 누나인 유정인은 일에서 해방이 된다.

애초에 공지훈의 지시사항이었으니 식당 직원 그 누구도 그것을 어길 수 없었던 것이다.

아무튼 이러저러한 사연들 속에서 오랜만에 그들은 고급 음식을 차려놓고 즐거운 시간을 보낼 수 있었다.

✥ ❖ ✥

사흘정도를 별이 없이 느긋하게 보내고 있던 날 새벽 3시경, 간만에 강제미션이 떴다.

[미션발생]
[좌표는……]

"뭐야? 꼭두새벽에……."
잘 자다가 커서의 진동에 의해 잠을 깬 유정상이 부스스한 머리를 헝클어뜨리며 투덜거렸다.

이제까지 미션이 여러 번 생겼었지만, 이렇게 꼭두새벽에 그것도 잠자는 걸 깨워서 강제미션이 생성된 건 또 처음이었다. 일단 유정상은 억지로 몸을 일으켜서 대충 옷을 챙겨 입고는 집을 나섰다.

아직 정신이 덜 깬 상태라 인벤토리를 열어 클린볼을 꺼내 몸에 떨어뜨렸다.

그러자 시원하고 개운한 느낌이 전신에 퍼져나가면서 그 덕분에 멍해 있던 정신이 아침 샤워 후의 상태처럼 상쾌해졌다.

겨우 정신을 차린 유정상은 얼른 좌표의 위치를 확인하고 차를 출발시켰다.

새벽의 고속도로를 마구 밟아도 아침이 되어서야 겨우 도착한 곳은 부산 기장의 한적한 숲이었다.

헌터용 앱을 살펴보니 좌표와 동일한 위치에 있는 던전은 확인되지 않았다.

좌표를 다시 한 번 확인했지만, 그곳은 아직 던전에 대한 정보가 갱신되지 않았다.

인근엔 3성급 던전 한 개와 2성급 던전 세 개가 있지만, 커서가 말하는 좌표와는 전혀 일치하지 않는다.

"이번에도 미발견 던전 공략이군."

별다른 감흥이 없다는 표정으로 좌표 근처의 숲 입구에 주차를 하고는 휴대폰의 지도와 비교하면서 인근을 살폈다.

하지만, 육안으로는 전혀 이상한 점이 없어서 도저히 가까이에 던전이 있을 것 같아 보이지 않는다.

유정상은 얼른 머리에 꽂혀 있는 커서를 뽑아 주변을 살폈다.

그러자 커서는 미션이 지정한 던전의 위치를 정확하게 가리켰다.

그런데 어쩐지 방향이 길을 따라가지 않고 땅 아래를 가리킨다.

일단 지상에는 아무것도 보이지 않아서 이상하다고 생각

했더니 커서가 말하는 던전의 위치는 결국 지하라는 뜻이다.

"아침부터 삽질이라도 하라는 뜻이냐?"

유정상이 살짝 투덜거리다 커서가 가리키는 지점에 뭔가 이상한 기운이 느껴져 그곳으로 다가가 땅 위에 손을 가져다 대었다.

그러다가 마치 땅이 요동치는 것 같은 기운이 느껴지자 미간이 살짝 찌푸려졌다.

유정상은 한걸음 물러서면서 곧바로 커서를 이용해 그곳에 살짝 밀어 넣었다.

푸슈슛.

커서를 중심으로 흙들이 땅속으로 빨려 들어가며 사라지자 그 아래로 직경 2미터 정도의 구멍이 생겨났다.

가까이 다가가서 살펴보니 씽크홀처럼 갑자기 만들어진 그 구멍은 끝이 보이지 않아서 섬뜩한 기분이 들었다.

하지만 커서가 직각으로 서서 그 구멍을 가리키고 있으니 그 아래엔 던전이 있을 거라고 생각하며 지체하지 않고 단숨에 그곳으로 뛰어내렸다.

휘아아아아.

아래로 빠른 속도로 떨어져 내리고 있었지만 그 끝은 아직 보이지 않는다.

유정상은 떨어지면서 일단 블랙로브를 착용했다.

맨몸으로 맨 바닥에 떨어진다고 해도 겨우 이정도 추락에 다칠 리는 없겠지만 만약을 위한 조치였다.

"그런데 이거 언제까지 떨어지는 거야?"

처음에는 그냥 단순한 구멍이라고 생각했는데 이렇게 끝 없이 떨어지니 황당한 생각도 들었다.

어쩌면 여기는 던전이 아니라 지구 중심까지 이어지는 통로가 아닐까하는 생각이었다.

아무튼 그렇게 한참을 아래로 떨어지더니 어느 순간 저 절로 추락의 속도가 늦춰졌다.

마치 보이지 않는 힘이 유정상을 떠받친다는 느낌과 함 께 곧 바닥에 발이 닿았다.

칠흑 같은 어둠이 깔린 장소였지만 유정상은 그동안의 경험 때문에 이런 어둠에는 상당히 익숙해져 있었다.

그러다보니 굳이 올빼미의 눈을 사용하지 않아도 마법으 로 제어된 것이 아닌 이 정도의 어둠은 꿰뚫어 볼 수 있는 능력을 가지고 있었으니 그리 문제가 되지 않았다.

주위를 둘러보던 유정상이 가까운 장소에서 여러 개의 포탈이 모여 있는 것을 발견했다.

한꺼번에 다섯 개나 되는 던전의 입구가 한 장소에 있는 건 경험이 많은 유정상도 처음 보는 현상이었다.

커서의 방향을 바라보았지만 특정 포탈을 가리키고 있지 는 않아 조금 혼란스러웠다.

하지만 편하게 생각해 보면 그냥 어디로 들어가든 상관 없는 게 아닌가 하고 판단하며 그냥 제일 가까이 있는 포탈 에 들어섰다.

[1번 포탈에 입장했습니다.]

메시지가 떴다가 사라졌다.

'포탈에 번호가 매겨져 있는 게 무슨 의미가 있는 거지?'

그렇게 생각하는 데 갑자기 눈앞이 밝아지며 새로운 장소가 나타났다.

한쪽엔 바다가 보이는 장소로 섬인지 아니면 육지인지는 선뜻 판단이 서지 않았지만, 아무튼 깎아지른 절벽이 바다와 맞닿아 있는 해안의 풍경은 그야말로 절경이었다.

거기다 바다에서 불어오는 바람으로 인해 물안개가 절벽을 타고 오르는 모습은 정말 장관이었다.

그렇게 몰려드는 물안개 때문에 시야가 약간은 흐려 보이는 장소에 등장한 유정상의 앞으로 친근한 세 녀석이 모습을 드러낸다.

"반갑다. 주인!"

산제이가 가장 먼저 큰소리로 인사했다.

유정상은 피라미드 던전에서 산제이가 자신을 구하기 위해 누더기 인간의 공격을 막아서면서 온 몸이 산산조각 나며 소멸하던 모습을 여전히 선명하게 기억하고 있었기 때문에 뭔가 찡한 느낌이었다.

그러나 겉으로는 그저 무덤덤한 모습으로 가볍게 고개를 끄덕이며 산제이의 인사에 반응할 뿐이었다.

"삐이이이!"

백정도 특유의 귀염성으로 유정상을 반겼고, 주코도 손을 번쩍 들어 인사했다.

"방가! 주인!"

치열했던 앞전 전투로 인해 한꺼번에 소환수를 둘이나 잃었던 것을 떠올리자 밝게 인사하는 녀석들이 꽤나 반가워서 유정상도 즐거운 마음으로 한마디 했다.

"호들갑스럽긴."

그렇게 소환수 세 녀석들 대동한 채로 첫 번째 미션이 시작되었다.

[첫 번째 미션]
[달을 삼킨 그루핀의 저주를 풀어라.]

"뭐야? 이게 끝이야? 지금 커서 이 자식, 수수께끼 낸 거 아냐?"

주코가 황당한 얼굴로 소리쳤다.

하지만 이번에는 유정상도 비슷한 심정이었다.

달을 삼켜버렸다는 건 도대체 어떤 의미인지 알 수가 없었던 것이다.

달을 삼켰다라고 하지만 일단 현실적으로는 말이 되지 않을 테니 주코의 말처럼 일종의 비유적인 수수께끼가 아닌가 싶은 생각도 들었다.

상황이야 어찌되었건 미션이 떨어졌으니 무조건 풀어야 하는 상황이라서 유정상은 일단 커서가 가리키는 방향으로 이동해갔다.

그렇게 한동안 조용히 이동하는데 안개 속에서 뭔가 언뜻 움직이는 것이 보인다.

뭔가가 움직이기는 했지만 전혀 위협적인 기운이 느껴지지는 않았기에 일단 움직이는 물체가 있던 곳으로 다가갔다.

근처에 가서 살펴보니 하얀색 토끼 한 마리가 주변을 서성이고 있다.

일반 토끼에 비해 커다란 녀석이었는데 뒷발로 서 있으니 쫑긋한 귀까지 높이가 1미터는 넘어보였다.

그런데 무슨 일인지 유정상일행이 다가갔음에도 전혀 도망칠 생각을 하지 않는다.

아니 도망은 고사하고 신경도 쓰지 않으면서 혼자서 뭔가 한참을 고민하고 있는 듯 두 앞발을 이리저리 부비며 머리를 쓸어 넘기는 행동이 굉장히 귀엽게 보였다.

"뭐하고 있는 거지?"

주코의 혼잣말에 흰 토끼가 갑자기 머리를 번쩍 들더니 주코를 돌아보았다.

그러더니 코를 잠시 벌름거리며 냄새를 맡더니 입을 열었다.

"너희들은 외지인이구나?"

"컥, 말을 하잖아?"

주코가 화들짝 놀라며 말했다.

그러자 다시 토끼가 고개를 갸웃거렸다.

"말을 하는 게 이상한 일이야?"

"이상하지. 당연히 이상할 수밖에."

"너도 말을 하고 있는데 어째서 내가 말하는 게 이상하다는 거지?"

"넌 토끼니까."

논리적으로 따져 묻는 토끼에게 주코가 인상을 쓰면서 대답했다.

하지만 주코의 대답에 토끼는 고개를 갸우뚱거리면서 이상하다는 듯이 말했다.

"이상한 논리로군."

"헐. 이거 참."

"그럼 너희들은 토끼가 아니야?"

"어딜 봐서 토끼라는 거야? 너 눈은 장식으로 달고 다니는 거냐?"

"흐음, 그래. 역시 토끼가 아니라는 거군. 나와 비슷해 보이는 데 말이야. 혹시 정체성의 혼돈을 겪고 있는 건가?"

"미, 미친. 도대체 어디가 비슷하다는 거야?"

주코가 버럭 했지만 토끼는 여전히 상대가 이상하다는 듯 고개만 갸웃거리고 있다.

커다랗기는 해도 외모가 워낙 귀엽게 생긴 탓에 산제이가 근처에서 계속 재밌다 는 듯 토끼를 기웃거린다.

"주인, 이거 참 귀엽다."

"삐이이이."

백정도 동감한다는 듯 소리쳤다.

"뭐가 귀엽다는 거냐? 그냥 부푼 토끼구만."

주코에게 맡겨 뒀다가는 언제까지고 저 상황일 것 같아서 유정상이 나서면서 물었다.

"이름이 뭐지?"

"발롱이야. 넌?"

"난, 탑. 그리고 이쪽은 주코, 백정, 산제이다."

유정상은 본이름은 이제 사용하지 않고 새롭게 만든 탑이란 이름을 계속 사용했다.

탑이 정상을 뜻하니까 영어 이름으로는 본명이라고 생각한 것이다.

"호오 역시 외지인의 이름은 특이하네."

"큭큭. 사돈 남 말하고 있어."

토끼의 말에 주코가 비웃음을 흘리며 말했다. 그러자 토끼가 의아한 표정으로 다시 물었다.

"그게 무슨 말이야?"

"반갑다는 뜻이지."

"할할, 나도 반가워."

유정상의 눈치를 살핀 주코가 얼른 변명을 하듯이 대답하고는 물러났다.

발롱의 웃음이 정말 특이하다고 생각했지만 그런 것까지 따지면 이 발전성 없는 대화가 영원히 끝나지 않을 것 같은 생각을 하면서 유정상이 녀석에서 물었다.

"그럼, 이 근처에 너희가 사는 마을이 있는 건가?"

"응, 근처에 우리 마을이 있지."

"혹시 그루핀이라는 것에 대해 알고 있나?"

"으앗! 너희들이 그루핀을 어떻게 알아?"

유정상이 스쳐지나가는 것처럼 빠르게 물어보자 갑자기 발롱이 깜짝 놀라면서 되묻는다.

반응을 보아하니 그가 그루핀에 대해서 알고 있다는 것은 쉽게 알 수 있었다.

"……?"

"그 자식 달을 집어삼켜서 마을이 그 문제로 난리가 났거든."

"뭐야? 진짜로 달을 집어 삼켰다고?"

주코가 놀란 얼굴로 끼어들어서 묻자 흰 토끼 발롱이 고개를 끄덕이며 말했다.

"맞아. 마을의 수호신인 주제에 느닷없이 달을 집어삼키고는 어디론가 사라져버렸거든."

"그루핀이 정확히 뭐지?"

발롱의 설명을 들은 유정상은 갑자기 끼어든 주코의 머리를 잡고 뒤로 밀어내고는 물었다.

그러자 발롱은 유정상을 바라보면서 조금은 우울하게

들리는 음성으로 대답했다.

"마을 수호신인 하얀색 독수리야."

발롱의 설명을 들은 주코는 유정상을 슬쩍 돌아보면서 말했다.

"그러니까 마을의 수호신이라는 독수리 녀석이 지금 저주에 걸렸다는 거군."

주코의 말에 발롱이 놀란 얼굴로 펄쩍 뛰더니 가까이 다가와서는 당황한 음성으로 물었다.

"저주? 그루핀이 저주에 걸렸다고?"

"그래."

"확실해?"

지금까지 보다 훨씬 심각해 보이는 발롱의 모습에 유정상도 고개를 끄덕이며 대답해주었다.

"뭐, 신용이 확실한 정보니까 확실하지."

"그럼, 우리 마을로 같이 가 줄 수 있어? 촌장님께 말씀드려야겠거든."

그렇게 발롱의 뒤를 따라 유정상의 일행이 잠시 후 아기자기한 토끼들의 마을로 들어갔다.

토끼들이 사는 곳이라 그런지 일반적인 마을과는 달리 엄청나게 오래되어 보이는 커다란 노송의 아래에 자리 잡은 수많은 둔덕이 그들이 살고 있는 집인 듯 보였다.

유정상의 일행이 마을에 들어서자 주변에 발롱처럼 커다란 토끼들이 잔뜩 보인다.

녀석들도 다양한 덩치를 가지고 있어서 어떤 녀석은 귀까지의 높이가 유정상과 맞먹을 정도로 큰 녀석도 있었다.

그런데 이상한 건 일행이 마을에 들어섰음에도 특별히 신경 쓰는 토끼가 아무도 없다는 사실이었다.

"정말, 이 녀석들은 저 토끼 말대로 우리가 자신들과 별 차이가 없다고 생각하고 있는 건가?"

주코가 주변을 둘러보며 어이없다는 투로 말했다.

눈이 별로 안 좋은 것인지 그들은 인간과 토끼를 구분하지 못하고 있는 기색이었다.

유정상도 이제까지 던전과 달리 참 이상한 곳이라는 생각을 하며 일단 발롱의 뒤를 말없이 따라갔다.

발롱이 마을 중앙에 있는 제법 커다란 둔덕의 앞쪽 구멍으로 다가가자 그곳에는 나무로 만든 문이 달려 있었다.

통통.

발롱이 조용히 문을 두드렸다.

그러자 잠시 후 문이 열리며 늙어 보이는 갈색의 토끼 한 마리가 머리를 내밀었다.

"발롱이구나. 그래, 무슨 일이냐?"

"촌장님, 외지인을 데리고 왔어요."

"외지인? 갑자기 왜 말이냐?"

"그들이 그루핀에 대해 아는 것이 있는 것 같아요. 이들 말로는 그루핀이 저주에 걸렸데요."

"저주라고?"

늙은 촌장 토끼가 화들짝 놀라며 바깥으로 튀어나왔다. 그리고는 유정상 일행을 돌아보면서 다급한 음성으로 물었다.

"그것이 사실이오?"

"맞아."

촌장의 물음에 주코가 얼른 나서서 대답했다.

그러자 촌장 토끼는 주코가 이 무리의 리더라고 생각했는지 주변을 두리번거리다 녀석의 팔을 붙잡고는 자신의 집으로 안내했다.

"이럴 게 아니라 일단 안으로 들어오시오."

토끼와 비슷한 주코나 더 작은 백정에게는 문제가 없었지만 유정상이 통과하기엔 문이 조금 낮았다.

그나마 토끼들이 유별나게 컸으니 상체를 숙이고 겨우 안으로 들어갈 수는 있는 수준이었다.

물론 산제이는 그림자 인간의 특성이 있다 보니 문의 크기는 별로 문제될 것이 없었다.

그런데 안으로 들어가니 생각보다 넓고 아늑한 공간이 나타났다.

나름 그럴듯한 모양의 나무의자도 있었고 마치 잘 꾸며진 별장처럼 벽난로에 각종 생활용품들도 보인다.

유정상의 일행이 들어오자 촌장이 자리를 내어주었지만 의자가 작은 탓에 주코와 발롱만 의자에 앉았고 나머지는 바닥에 깔린 카펫 위에 앉았다.

"그루핀이 저주에 걸렸다니, 어쩐지 이상하다 생각하고 있었습니다만 정말 믿을 수 없는 일이구려."

"그나저나 그루핀이라는 녀석이 마을의 수호신이라던데, 지금은 어디에 있지?"

유정상이 촌장에게 묻자 그가 심각한 얼굴로 답했다.

"사실은 우리도 그것 때문에 걱정이 크다오. 마을 토끼들 중 누구도 그루핀이 있는 곳을 알지 못하기 때문이지요. 그래서 지금 마을은 그 일로 인해 앞으로 모두 마을을 떠나야 할지도 모른다는 이야기가 나오고 있었던 참이오."

촌장은 그간 마을에서 있었던 일을 차분히 설명했다.

그리핀은 과거 수백 년 전, 한 외지인과의 약속 때문에 이 마을의 수호신이 되었다는 이야기는 들었지만 자세한 내용을 아는 토끼는 더 이상 이 마을에 남아있지 않았기에 촌장 토끼도 자세한 사정은 모르고 있었다.

토끼들이 이 마을에 자리를 터를 잡고 지내온 지도 수대를 거쳤을 만큼 오래되었기 때문에 그 전설에 대한 이야기는 모두의 기억 속에서 이미 사라져 버렸던 것이다.

아무튼 그루핀은 하얀 독수리였는데 머리엔 더듬이 두 개가 달려 있는 종류로 몬스터를 주식으로 삼는 녀석이라고 했다.

그런 그루핀이 갑자기 어느 날 달과 함께 사라져 버린 것이다.

그 후로 마을 토끼들은 모두 근심에 빠져버렸다.

이젠 마을을 지켜줄 수호신이 사라졌기 때문에 외부로부
터의 침입해 올 몬스터를 어떻게 막아야 할 것인지에 대해
고심을 할 수밖에 없었던 것이다.

며칠 전에도 마을 밖으로 나갔던 토끼 몇 마리가 몬스터
들의 습격에 당하고 말았다고 하니 그런 상황을 설명하는
촌장은 자못 심각한 얼굴이었다.

수백 년 간 안전하게 종족을 보전해오던 그들에게 가장
큰 시련이 닥친 것이다.

이렇게 무작정 시간만 보낸다면 그루핀의 영역표시가 사
라질 것이고, 그렇게 되면 몰려드는 몬스터들 때문에 이들
은 그야말로 바람 앞에 등불신세가 될 것이다.

그때 촌장집 문을 두드리는 소리가 들렸다.

퉁퉁퉁.

노크소리에 촌장이 쪼르르 달려가서 문을 열자 밖에서
누군가 다급하게 말하는 목소리가 들려왔다.

"촌장님, 늑대무리가 마을근처까지 들어와 버렸어요! 어
떡하죠?"

"근처라니, 어디까지 말인가?"

"은혜의 바위 근처에요."

"큰일이군. 일단 자치대를 모아오게."

그 이야기를 들은 유정상이 얼른 몸을 일으켜서 바깥으
로 나가며 말했다.

"우리가 도와줄게."

유정상의 말에 화들짝 놀라는 촌장이 근심어린 얼굴로 되물었다.

"위험한데 괜찮겠소?"

"장소나 알려줘."

"잠시만 기다리시오! 자치대원들과 힘을 합쳐 싸워야 안전하다오."

"됐어. 귀찮기만 해."

그 말에 은혜의 바위까지 발롱이 직접 안내를 하겠다며 나섰다.

토끼가 앞장서자 유정상과 소환수 셋이 녀석을 따라 나섰다.

그리고 잠시 후 은혜의 바위라는 장소에 도착하자 근처에 붉은 눈을 가진 귀신늑대 열 마리가 보인다.

그런데 그 열 마리 사이에 토끼 다섯 마리가 각자 무기를 들고 긴장한 표정으로 대치하고 있었다.

모두가 어깨를 맞대고 방어하고는 있지만 늑대들에게 포위되어 있는 형국이다.

"헉, 여, 열 마리나 있다니."

발롱이 경악하며 굳어진 몸을 낮게 숙인다.

그 모습을 보던 유정상이 한숨을 푹하고 쉰다.

커서로 확인해볼 것도 없는 저 귀신늑대들은 잡몹에 불과한 녀석들이라 갑자기 지금 자신이 뭘 하고 있는가 싶은 생각이 들어서였다.

나름 이곳까지 따라올 땐 그래도 제법 강한 놈들이 있지 않을까했는데, 이번 던전의 레벨은 예상보다 훨씬 등급이 낮은 모양이었다.

그때 주코가 눈을 빛내더니 유정상에게 다가왔다.

"내가 처리할게."

"네가?"

유정상은 주코가 이런 일에 솔선수범해서 나설 줄은 몰랐는데 의외란 생각에 되물었다.

지금까지 녀석이 먼저 전투에 나서겠다고 말한 것은 또 이번이 처음이었다.

"응! 불쌍한 토끼마을을 도와줘야지 않겠어?"

뭔가 꽤나 의식하는 듯 보이는 어색한 모습, 그제야 녀석이 솔선수범한 이유를 알 것 같았다.

"그래. 그럼."

"오케이."

그렇게 대답한 주코가 거들먹거리는 걸음으로 늑대들과 토끼들이 있는 곳으로 다가갔다.

그리고는 어깨에 힘을 단단히 준 것 같은 음성으로 외친다.

"이놈들! 잡몹 주제에 어디서 행패냐?"

갑작스런 주코의 신파극에 유정상의 일행들 표정이 미묘해졌다.

주코의 행동이 황당하고 우습기도 하지만 어색함 때문에 전신이 오글거려 그냥 보는 것도 힘겨울 정도였다.

그런데 주코는 능청스럽게 잘도 지껄였다.

"내 오늘은 너희들을 어여삐 여겨 곱게 보내줄 테니, 조용히 물러가거라."

갑자기 등장한 조그마한 꼬마를 보던 귀신늑대들이 순간 갸웃거리다 곧바로 달려들었다.

별로 대단할 것도 없어 보이는 놈이 건방지게 큰 소리를 지르니까 순간 적개심이 올라간 것이다.

"크아아아아앙!"

귀신늑대 열 마리가 사납게 이빨을 세우고 사방에서 주코를 향해 공격해 들어온다.

하지만 주코는 이미 레벨이 100이 넘은 고위급 마족으로 성장한 상황.

그런 녀석에게 레벨 10도 안 되는 귀신늑대들이 달려들어 봐야 할 수 있는 건 아무것도 없었다.

콰강!

쾅!

"캥캥캥!"

"낑!"

순식간에 초급화염마법을 써서 열 마리의 귀신늑대들을 통구이를 만들어버리자 발롱이 경악했다.

"괴, 굉장해!"

그리고는 주코를 향해 뛰쳐나갔다.

늑대들에게 둘러싸여있던 토끼들은 갑자기 등장한 꼬마 마법사가 두려워 꼼짝도 못하고 있었는데 발롱이 등장하자 그제야 모두 표정이 밝아졌다.

상황으로 보니 이 무시무시한 마법사가 발롱과 친분이 있는 자가 틀림없다는 판단이 섰기 때문이다.

"짜식이, 그냥 빨리 끝내지 요란 떨기는."

유정상이 고개를 절레절레 흔들며 그곳으로 다가갔다.

대충 발롱으로부터 사정을 전해들은 토끼들은 유정상 일행이 마을에 찾아온 외부인이지만 이번 일을 돕기로 했다는 사실에 무척이나 기뻐했다.

그도 그럴 것이 그들에게는 주코의 마법이 마치 자신들을 구원해줄 용사의 능력처럼 보였기 때문이었다.

"일단 마을로 돌아가요."

"알았어."

발롱의 말에 토끼들이 고개를 끄덕였다.

그렇게 모두가 함께 마을로 돌아왔을 때 자치대원들도 주코가 마법으로 귀신늑대 열 마리를 날려버린 상황을 전해 듣고는 같이 기뻐했다.

뒤늦게 이 소식을 듣고 부랴부랴 달려 나온 촌장에게 유정상이 다가갔다.

"그루핀은 어디에 가야 찾을 수 있지?"

그 질문에 촌장이 마을토끼들 중 누군가를 불렀다.

그러자 이마에 흰색 바탕에 검은색 줄무늬가 있는 토끼 한 마리가 다가와서 대신 대답했다.

"신전이 있는 카프카스 산 근처에서 봤습니다."

"거기가 어디지?"

"저기 보이는 거북언덕에 올라가시면 유독 하늘높이 솟은 커다란 산이 보일 겁니다. 거기가 카프카스 산이에요."

줄무늬의 토끼가 설명을 마치자 발롱이 얼른 나서면서 말했다.

"저희가 안내를 해드리겠습니다."

"아니, 위치만 알면 된 거지. 어쨌든 지금은 수호신도 없다니까 일단 여기에 내 동료 하나를 두고 가지. 내가 그곳에서 돌아올 동안 이곳을 지켜줄 거야."

그리고 유정상이 백정에게 돌아올 때까지 이 마을을 지키라고 시키려는데 갑자기 주코가 손을 번쩍 들고 나선다.

"내가 하겠어!"

"네가?"

"당연하지."

유정상이 못미더운 눈빛으로 바라보는데 주코의 활약을 보았던 몇 마리의 토끼들이 이미 마을에 소문을 퍼뜨렸는지 토끼들은 오히려 반기는 분위기다.

그리고 간절한 눈빛으로 유정상을 바라보는 토끼들의 눈이 부담스러워 할 수 없다는 듯 말했다.

"그렇게 해. 그럼."

"좋았어, 주인. 나에게 맡겨."

안 그래도 매번 뺀질거리면서 빠지려고만 하는 주코가 못마땅했었는데 자진해서 그런 일을 해주겠다면 유정상도 환영할 일이었다.

게다가 한동안은 녀석의 시끄러운 수다를 듣지 않아도 될 것 같아 잘됐다는 심정이었다.

유정상 일행은 마을을 벗어나서 언덕을 넘자마자 곧바로 드라칸을 소환했다.

마을 가까운 곳에서 소환했다간 나약한 토끼 녀석들이 혹시라도 심장마비로 죽을까봐 조심하느라 멀리까지 와서 소환한 것이다.

유정상 일행은 녀석의 등에 올라타서는 곧바로 먼 곳에 보이는 카프카스 산으로 빠르게 비행해갔다.

먼 곳이기는 했지만 드라칸의 속도는 그런 것을 무시할 만큼 빨랐기에 금방 산의 자락까지 도착할 수 있었다.

다만 구름위에 있는 정상은 구름에 만들어진 결계로 인해 날아서는 진입할 수가 없도록 되어 있었다.

유정상은 일단 드라칸을 그 주변에 대기시키고 구름 밑에서부터는 직접 걸어서 이동을 해야 했다.

물론 이동의 팔찌를 이용해 반쯤 날아오르듯 이동하는 바람에 별 탈 없이, 생각보다 더 빨리 정상이 보이는 곳까지 도착할 수 있었다.

정상에 도착하니까 커다란 신전으로 보이는 건물이 눈에 들어왔다.

그리스 신화에 등장하는 신전과 비슷해 보이는 화려한 석조건물이었는데 그 안에 뭔가 움직이는 물체가 얼핏 보이고 있었다.

'그루핀인가?'

그렇게 생각하며 정상으로 조심스럽게 다가갔다.

신전 같아 보이는 그 건물 곁으로 가기 전 은신스킬을 시전 했다.

그리고 산제이와 백정을 잠깐 기다리게 하고는 혼자만 신전 안으로 들어섰다.

지붕하나에 기둥 몇 개만 있는 건물이다 보니 사방이 탁 트여 있는 곳이었는데 아래에서 얼핏 봤던 하얀 물체가 커다란 돌 석판위에 숨을 헐떡이며 엎어져 있다.

크기는 대충 봐도 일반 독수리보다도 월등하게 큰, 아마도 날개를 펼친다면 5미터이상은 되지 않을까 싶은 커다란 새가 마치 죽어가는 것처럼 가쁜 숨을 몰아쉬며 쓰러져 있었다.

커서로 확인해보니 과연 '그루핀' 이 맞았다.

'저주에 걸려 달을 삼켰다고 했지?'

미션 메시지를 기억하고는 헐떡이는 녀석을 둘러봤지만 겉으로 보기엔 무슨 문제인지는 정확히 알 수가 없었다.

그래서 이번에 커서를 이용해 녀석의 몸 주위를 탐색하기 시작했다.

마치 수색을 하는 것처럼 그루핀의 몸 위로 커서를 이리저리 움직여 보았다.

그러다가 커서에 변화가 생긴다는 것을 눈치 챈 유정상이 정확한 위치를 찾아서 그 자리에 커서를 올려놓았다.

그러자 순간 커서의 주위에 빛이 어렸는데 어쩐지 이 변화가 눈에 익다.

'황금커서를 곁에 두었을 때랑 비슷하네.'

그렇게 생각한 유정상이 무언가가 감지되는 녀석 목 부근의 깃털 속으로 커서를 슥 밀어 넣어 보았다.

그 때문인지 깃털 속에서 짧게 황금빛이 발현되는가 싶더니 곧 다시 빛이 사그라졌다.

혹시 저주가 풀린 것인가 하는 생각을 하면서 그루핀을 살피니 녀석이 더욱 몸을 부르르 떨기 시작했다.

"크에에에에에!"

그루핀이 갑자기 온몸을 뒤틀며 괴로움에 찬 소리를 질렀다.

갑작스럽게 생긴 일에 당황스러웠지만 유정상은 더 이상 자신이 할 수 있는 일이 없었기에 그저 몸부림치는 그루핀을 지켜만 보았다.

전신을 뒤틀며 비명을 지르던 그루핀이 갑자기 눈을 번쩍 뜨거니 머리를 높이 쳐들고는 입을 크게 벌린다.

그리고 목 아래가 불쑥 튀어나오는가 싶더니 그것이 서서히 목 줄기를 타고 머리까지 올라가기 시작했다.

"크에에에에에!"

놈이 한층 더 큰 비명을 질렀다.

그리고 곧 무언가 거대한 덩어리를 입 밖으로 뱉어냈다.

쿠엑!

쿵. 데구르르르.

녀석이 뭔가를 뱉고 나서는 곧바로 다시 머리통을 땅에 떨어뜨렸다.

주둥이에서 튀어나와 바닥에 떨어진 건 은은한 황금빛을 머금고 있는 사람 머리통만한 크기의 구슬이었다.

방금 토해낸 것이어서 역한 냄새와 함께 진득한 액체가 구슬에서 흘러내리고 있었다.

유정상은 인상을 찌푸리고는 다시 쓰러져버린 그루핀을 바라보았다.

그런데 그렇게 힘들게 구슬 하나를 뱉어낸 그루핀은 가빴던 호흡이 점점 제자리를 찾아가고 있었다.

[첫 번째 미션]

['달을 삼킨 그루핀의 저주를 풀어라.' 미션완료.]

[다음 포털을 열기위해선 토끼마을의 촌장을 만나라.]

"이대로 미션은 완료한 건가?"

생각보다는 단순하게 해결이 되었다.

아마도 첫 번째 단계라 그런지도 모른다.

그리고 커서가 아직까지 그루핀의 목 밑 깃털 속에 들어가 있다는 사실을 기억한 유정상이 그것을 꺼냈다.

그런데…….

"……?"

별생각 없이 커서를 깃털 속에서 꺼냈는데 거기에 이상한 것이 하나 붙어 있었다.

커서에 딸려 나온 건 황금색의 금속 조각이었다.

[숨겨진 미션 일곱 개의 조각 중 첫 번째 조각을 발견하셨습니다.]

"어? 뭐야? 일곱 개 중 첫 번째?"

순간 유정상은 고개를 갸웃거렸다.

얼떨결에 숨겨진 미션을 하나 해결하기는 했지만, 정확한 내용을 파악할 수가 없었다.

하지만 나중에 뭔가 이런 유의 미션이 진행되리라는 예상은 할 수 있었다. 그리고 당장은 조각의 기능이 뭔지 모른다.

"흐음. 뭔지는 모르지만 일단 보관."

유정상은 무심하게 중얼거리면서 그냥 조각을 커서로 집었다. 인벤토리에다 넣어두려 한 것이다. 그런데 그때 갑자기 커서가 번쩍이더니 커서 곁에 사각의 판이 생성되었다.

복잡한 그림이 잔뜩 그려진, 마치 설계도면처럼 보이는 그림이 나타난 것이다. 그런데 놀랍게도 조각이 그 설계도면 그림 속으로 들어가더니 번쩍이고는 자신의 자리를 잡는 모습을 보이더니 곧 사각 판이 사라져버렸다.

그것을 본 유정상이 상황파악이 되지 않아 얼떨떨해졌다.

그런데 그때 열어두었던 인벤토리가 번쩍하면서 빛이 났다.

[인벤토리의 크기가 무한으로 업그레이드됩니다.]

"헐. 이건 또 뭐야?"

뭔가 요란을 떠는 것처럼 보이더니 결국 인벤토리를 무한 확장시켜버렸다. 점점 레벨이 오를수록 얻는 잡템들이나 부산물들도 늘어나 업그레이드 된 인벤토리도 슬슬 공간이 부족해지고 있었는데 아예 무한확장이 되어버렸으니 뜻하지 않은 보상이었다.

그러는 사이 부스럭거리는 소리가 들렸다. 모두 고개를 돌리자 그루핀이 힘겹게 눈을 뜨더니 천천히 몸을 일으켰다.

아직 몸이 제대로 회복이 되지 않아 전혀 힘이 없어 보였지만 녀석은 유정상을 바라보더니 눈을 반짝인다.

뭔가가 느껴진 것인지 신중하게 바라보는 그루핀.

유정상도 아무 말 없이 그냥 담담하게 그런 그루핀의 눈빛을 마주보았다.

〈그를 이어받은 자로군.〉

머릿속으로 녀석의 음성이 전해졌다.

하지만 이정도의 현상으로는 전혀 놀라지 않은 유정상이 담담하게 되물었다.

"그가 누구지?"

〈알고 있을 것 같은데. 그렇지 않은가?〉

"설마, 이네크인가?"

〈그래. 듣고 보니 그런 이름이었던 것 같군.〉

말투는 그냥 건성으로 대답하고 있는 것 같아도 이네크의 이름을 들은 그루핀의 눈빛에는 진한 그리움이 느껴졌다.

도대체 이네크란 작자는 어떻게 이렇게 던전을 넘나들며 자신의 흔적을 구석구석 남겨놓았는지 신기할 따름이었다.

그런데 그루핀은 묻지도 않았는데 옛 이야기를 주저리주저리 늘어놓기 시작했다.

〈나는 아주 오래전 그에게 목숨을 빚진 적이 있었다. 그래서 그에게 내가 해줄 수 있는 거라면 무엇이라도 하겠다는 약속을 했지. 그러자 그가 토끼들이 살고 있는 마을을 자신대신 지켜달라고 했지. 그도 그들에게 빚을 진 게 있다면서 말이야. 자신은 해야 할 일 때문에 그러지 못할 테니 자기대신 내가 토끼마을의 수호신이 되어주었으면 했다. 그래서 난 이제껏 그 약속을 지켜오고 있었다.〉

'순진한 녀석이군. 마치 숭고한 일을 하는 것처럼 자랑스럽게 떠벌이고 있지만 결국 그 녀석이 자신의 일을 떠넘기고 갔다는 말이잖아. 이러니 새대가리라는 소리를 듣는 거겠지만.'

유정상은 그렇게 생각을 했지만 그렇다고 그의 이야기를 듣는 와중에 이런 비난에 가까운 생각을 입 밖으로 꺼낼 만큼 바보는 아니었기에 그냥 조용히 듣고 있었다.

〈그렇게 난 내 약속을 지키며 살아오고 있었고, 그것에 대해 자부심을 느끼고 있었다. 그런데 얼마 전에 하늘에서 불빛이 떨어져 내렸다. 그리고 그것이 내 몸에 박혀버렸다. 그리고 난 정신을 잃어버렸지. 그리고 더 이상의 일은 기억에 없다.〉

또 뭔가 빛나는 것과 충돌해서 몸에 박혀버린 상황이다.

미션을 수행하다 보면 이런 사고는 너무 자주 일어나는 현상이다 보니까 유정상도 그냥 그러려니 하고 넘어갔다.

"네가 달을 삼켰다고 하던데."

〈다, 달을 삼켰다고?〉

"그래. 그리고 방금 네가 뱉어낸 이거."

아직 진득한 액체에 싸여 있는 구슬을 유정상이 가리키자 그루핀의 눈이 커졌다.

그루핀은 전혀 기억못했지만 자신이 뱉어낸 흔적이 남아 있고 또한 몸의 고통도 어느 정도 남아있으니 현실을 부정할 수는 없었다.

〈이, 이런. 그래서 내가 이곳으로 온 건가?〉

"여기가 어딘데?"

〈죽음의 때가 이르면 찾아와야 하는 장소지.〉

잠시 복잡한 감정이 담긴 눈빛으로 이곳을 둘러보던 그루핀은 유정상을 돌아보면서 말했다.

〈본능적으로 내가 죽을 거라는 사실은 알고 찾아왔던 모양이야. 그런데 그런 나를 다시 인간인 네가 살려주었군.〉

"내가 해야 할 일이거든."

〈후후후, 그도 똑같은 말을 했었는데.〉

그라면 이네크를 말하는 것일 텐데 유정상은 혹시 이네크도 자신처럼 미션을 받아서 움직인 건가 하는 생각이 문득 들었다.

하지만 수백 년 전에 일어난 일을 겨우 추측만으로 알 수 있는 것은 아무것도 없었다.

'단순한 우연이겠지……'

〈어쨌든 달을 원래의 제자리로 돌려놔야하겠군.〉

"설마, 진짜 저게 달이라고?"

〈그래. 하늘에 떠 있는 특징 때문에 토끼들은 그렇게 부르고 있지. 원래는 '가드 주얼리' 라는 마법 아이템이지만.〉

"결국 진짜 달은 아니었다는 이야기로군."

설마하면서도 토끼들이 너무 진지하게 이야기 한 탓에 혹시나 했는데 역시 진짜 달은 아니었다.

별로 한건 없지만 어찌되었건 미션도 완료했으니 그냥 마을로 돌아가 촌장을 만나면 된다.

그래서 다리 산 아래로 내려가려하자 그루핀이 유정상을 불러 세웠다.

〈자네에게 목숨을 빚겼다.〉

"됐어. 그냥 하던 데로 토끼들이나 잘 지켜주라고."

〈……알겠다.〉

따로 보상이 없다는 건 조금 아쉽기는 했지만, 일곱 번째 라는 조각을 얻은 탓에 인벤토리가 무한으로 늘어나는 넉 넉한 공간을 얻었으니 그것만으로도 충분했다.

그리고 그곳을 벗어나 아래로 내려오자 공중에서 대기하고 있던 드라칸을 타고 다시 토끼마을로 돌아갔다.

그런데 마을에 들어서자 황당한 광경에 유정상이 입을 떡하니 벌리고 말았다.

"저 자식 지금 뭐하고 있는 거야?"

분명 마을을 떠날 때만 해도 없었던 커다란 의자에 주코 가 꽤나 시건방진 포즈로 앉아 있었다.

그 의자라는 것이 마을의 중앙에 있는데다가 높이도 꽤 나 높아 모두를 내려다보게끔 되어 있어 어쩐지 노예를 부 리는 왕의 존재 같은 분위기를 풍겼다.

게다가 그런 주코의 뒤에는 털이 북슬북슬한 탓인지 귀
엽게 생긴 토끼 두 마리가 그의 어깨를 주물러주며 아양을
떨고 있는 것이었다.

　"어이쿠, 지금 왕 놀이라도 하는 거냐?"

　"헉, 주, 주인!"

커서 마스터 [7]
Cursor Master

커서 마스터

Cursor Master

4. 엠버의 꿈

커서 마스터

Cursor Master

4. 엠버의 꿈

　그루핀이 하늘을 날아가는 모습이 보이더니 마을 위에 다시 달이 떴다.

　그것을 본 마을의 토끼들이 환호성을 질렀다.

　어쩐지 하늘위에 떠서 저렇게 스스로 빛나는 모습을 보니 진짜 달처럼 보이기는 했다.

　유정상이 곧바로 촌장을 만나서 작별인사를 건네자 그 옆에 포탈이 열렸다.

　이번에는 활약할 기회가 없었던 산제이와 백정이가 먼저 그 안으로 들어갔다.

　그리고 머리에 혹을 여러 개 생겨난 주코도 유정상에게 귀를 잡힌 채 포탈 속으로 끌려들어갔다.

[5번 포탈에 입장했습니다.]

"응? 5번? 2번이 아니고?"

[2~4단계는 레벨수준이 맞지 않다고 판단되어 건너뜁니다.]

결국 지마음대로 스킵을 해버린다는 거였다.

하지만 한편으로는 꼭 필요한 미션이 아니라면 그러는 편이 유정상의 입장에서도 좋다.

보상이 쓸모가 없다면 결국 시간만 낭비하는 꼴이니 미션이 쉽다고 좋아할 일이 아니다.

그런데 새로운 장소가 보이자마자 생각을 길게 할 틈이 없었다.

콰아아아아앙!

슈우우우우!

"허걱! 또 전쟁터냐!"

주코가 시끄러운 소음과 폭발에 인상을 잔뜩 찌푸리며 귀를 틀어막고 소리쳤다.

이번엔 포탈에 들어서자마자 전쟁터 한가운데로 들어와 버렸으니 주코뿐만 아니라 모두가 기겁할 수밖에 없었다.

갑자기 끼어든 탓에 적과 아군을 전혀 구분할 수 없으니 유정상은 재빨리 은신술을 펼쳤고 주코도 은신마법으로 몸을 숨겼다.

그제야 상황을 눈치 챈 산제이가 근처 그림자 속에 숨어 버렸다. 그리고 백정도 순식간에 땅속으로 파고들며 자신의 종적을 지워버렸다.

유정상은 일단 조금이라도 조용한 장소로 이동해 몸을 숨긴 채로 대기하자 메시지가 떴다.

[다섯 번째 미션]
[엠버의 꿈속으로 들어가 적의 침공을 막아라.]

"엠버? 엠버가 누구야?"

"내가 어떻게 알아."

주코가 황당하다는 듯이 물었지만 유정상도 똑같은 입장일 뿐이다.

잠자는 숲속의 공주를 깨우라는 것도 아니고 이런 미션은 참 뜬금없다는 생각이 들었다.

누군지도 모를 엠버라는 작자의 꿈속으로 들어가서 누군지도 모르는 적의 침공을 막으라니 아무리 5단계로 난이도가 급상승했다고는 하지만 너무 뜬금없다는 생각에 황당한 표정을 지었다.

주코가 유정상의 곁에서 머리를 감싸 쥐고는 여전히 혼잣말을 중얼거리고 있었다.

"젠장, 달을 삼킨 놈의 저주를 찾으라고 할 땐 그래도 우리더러 달을 삼키라는 미션은 아니었으니까 이해를 했어. 그런데 이번에 뭐야, 아예 누군지도 모르는 녀석의 꿈속으로 들어가라고? 우리가 무슨 꿈의 요정이냐? 거기다 적의 침공을 막아? 도대체 이 무슨 돼먹지 않은 미션이야?"

사실 유정상의 심정도 주코와 별로 다르지 않았다.

지금 그들이 있는 장소는 싸움터, 그것도 이제까지 한 번도 겪어보지 못한 엄청난 규모의 전장 한가운데 있다.

싸움 자체가 어떤 식으로 흘러가는지도 알 수가 없었고, 도대체 뭣 때문에 일어난 전쟁인지조차 모른다.

거기다 인간들의 전쟁도 아니다.

전쟁터를 자세히 살펴보니 전에 봤던 마계의 병사들과 천계의 병사들이 뒤엉켜 싸우고 있는 전장이다.

마족의 병사들은 한 놈 한 놈이 모두 2급 이상의 각성자 수준인데 도대체 숫자가 얼마나 많은지는 감도 잡히지 않는다.

그런 전쟁터 한가운데에서 유정상은 살육에 미친 저들의 눈을 피해 잠자는 공주인지 미녀인지를 찾아야만 하는 것이다.

그녀를 찾아야 꿈속으로 들어가든 같이 꿈을 꾸던 할 게 아닌가?

아직 그인지 그녀인지도 정확하게는 알 수 없었지만 말이다.

그런데 커서는 그때까지도 아무런 방향을 제시하지 않고 있다.

'어디로 가야할지도 모른다는 건가?'

갈수록 태산이었다.

이런 전장에 떨어진 것도 억울한데 이젠 엠버라는 달랑 이름 하나만으로 누군지도 모르는 작자를 찾아야만 하는 것이다.

거기다 그 다음에는 꿈속으로 들어가라니…… 이건 단계가 뛰어도 너무 뛰었다.

유정상은 당황스러울 정도의 난이도란 생각에 가슴이 답답해질 정도였다.

"일단 여기를 빠져나가자."

"어디로?"

"일단 벗어나고 봐야지. 그리고 어디로 갈지는 그 다음에 생각해보자."

그러나 전쟁터 한가운데라 지상위로 가는 건 쉽지 않다.

물론, 요리조리 빠져나가는 건 어떻게든 가능하겠지만 눈먼 칼이라도 맞는다면 그것도 조금 곤란한 일이다.

거기다 여기에 있는 족속들은 일반 병사가 아니라 천계와 마계의 정규병들이다.

쉽게 말해서 저기 허무하게 쓰러지고 있는 병사 하나하나가 어지간한 던전의 보스 몬스터보다 강한 놈들이다.

실수로라도 놈들이 가지고 있는 무기에 공격당하면 죽지는 않더라도 심각한 부상을 입을 수 있는 것이다.

순간이동의 기술을 사용하면 마나소모도 많고 한 번에 이동할 수 있는 거리도 짧아서 이렇게 광범위하게 펼쳐진 전장에서는 효용성이 별로 없다.

유정상은 일단 최대한 조심하면서 전장에서 조금 떨어진 곳으로 은신술을 사용하면서 이네크의 걸음을 극성으로 발휘해 이동했다.

다행히 질풍의 사탕을 먹은 이후로 발의 움직임이 더욱 민첩해져 이동속도가 엄청 올라간 탓에 제법 거리가 있음에도 빠르게 도착할 수 있었다.

먼저 전장과는 조금 떨어진 한적한 곳에 자리를 잡은 후에 소환수 셋을 다시 모아서 안전을 확인한 유정상이 전장을 살피며 고민에 들어갔다.

하지만 아무리 고민해 봐도 유정상 혼자만으로는 도저히 해결할 수 없는 상황이었다.

그때 예전에 빙결의 마녀 클레오가 손등에 새긴 마법진을 떠올렸다.

그런데 유정상이 그것을 기억하자마자 순간 손등의 마법진이 빛을 뿌린다.

정확한 건 모르지만 생각에 반응하는 마법진인 모양이었다.

그리고 잠시 후 클레오의 흐릿한 영상이 떠올랐다.

- 오랜만이군. 인간.

뭔가 반가운 듯 하면서도 냉소적인 클레오 특유의 표정
이었다.

"소환은 안 되는 건가?"

– 네가 있는 곳은 소환의 마법으로도 도달하기 힘든 영
역이라 통신만 가능하다.

"뭐, 그것도 나쁘지 않지."

– 그런데 무슨 일이지? 주변이 소란스러운 것 같은데.

유정상은 지금의 주변상황과 잠자는 엠버에 대한 이야기
를 그녀에게 하며 방법이 있겠는가에 대해서 물었다.

제법 길고 복잡한 설명이었지만 클레오는 그저 무표정한
얼굴로 듣고 있다가 간단하게 대답했다.

– 흐음, 그런 문제라면 그녀석이 알겠지. 어쩌면 네가 있
는 그곳에 갈 수 있을지도 모르고.

"그 녀석?"

– 잠깐 기다려 봐라.

그리고는 영상이 사라져버렸다.

무슨 일인지 알 수 없던 유정상이 잠시 의아해하는데 곧
그의 앞에 빛이 모이며 누군가 모습을 드러낸다.

하얀색의 멋진 갑옷을 입고 있는 미녀가 그 빛 속에서 모
습을 드러냈다.

"어머나, 반가워요오오!"

나타나자마자 그녀는 간드러지는 음성으로 인사를 하면
서 유정상에게 덥석 안겨왔다.

그녀는 천사 미르엘이었다.

순간 전혀 예상치 못한 이의 등장에 유정상이 살짝 얼떨떨해하는데 이어서 늘 그녀를 따라다니는 보조 살리안도 같이 모습을 드러냈다.

미르엘은 활짝 웃는 표정으로 여전히 유정상에게 안겨서는 말했다.

"이렇게 불러주니 정말 기뻐요오오!"

유정상이 아니라 클레오가 불렀지만 그런 건 전혀 상관없는 것 같은 모습이었다.

"미르엘니임! 제발 떨어지세요!"

유정상에게 달라붙어있던 미르엘을 억지로 떼어낸 살리안이 어리둥절한 표정으로 주변을 살피더니 곧 경악한 음성으로 말했다.

"어, 어머, 여기는 발콘 왕국의 성 아닌가요?"

"그러네, 당신은 어째서 이곳에 있는거죠오?"

"빙결의 마녀가 아무 말도 안한 건가?"

"무언가 말을 하려고 하던 것 같기도 하고오…….."

미르엘이 순진무구해 보이는 표정으로 자신의 길고 탐스러운 머리를 긁적인다.

결국 무슨 이야기인지도 들어보지 않고 다짜고짜 이곳으로 워프 해왔다는 의미였다.

어떤 방식으로 유정상을 찾는 것인지는 모르지만 말이다.

"여긴 천계에 있는 국가 중 한 곳인 발콘왕국이에요오오. 안 그래도 이곳에서 전쟁이 벌어지는 바람에 중앙에서 대대적인 지원병의 출전식이 있었어요오오. 그래서 저도 준비를 하고 있던 참에 이렇게 연락을 받고 온 거에요오오."

그녀가 천계의 병사들처럼 하얀색 갑옷을 입은 이유를 이제야 알 것 같았다.

"이봐, 그러면 탈영 아니야?"

"어머나, 절 걱정해 주시는 건가요오?"

"애초에 미르엘님은 전쟁에 참전을 허락받지 못했으니 탈영이고 뭐고 할 것도 아니죠."

유정상의 질문에 대답할 마음이 전혀 없어 보이는 미르엘과는 달리 옆에서 둘의 대화를 듣고 있던 살리안이 한숨을 푹 쉬고 그렇게 상황을 설명하며 고개를 절레절레 흔들었다.

살리안을 보고 있던 주코도 그녀에게 '네가 고생이 많구나.'라고 위로의 말을 건넬 정도였다.

하지만 그런 그녀의 사정엔 관심이 없는지 미르엘은 여전히 호들갑스럽게 이야기했다.

"참! 그러고 보니 발콘왕국의 셋째 공주님이 잠에 빠져 깨어나지 못하고 있다는 이야기는 들었던 것 같아요오."

"그 공주 이름이 뭐지?"

그러자 그녀가 골똘히 생각에 잠겼다. 하지만 생각이 나지 않는지 고개를 계속 갸웃거리고만 있다.

225

그 모습을 보던 살리안이 다시 한 번 한숨을 쉬며 그녀 대신 말했다.

"엠버 라이샤 에스백님이에요."

"엠버? 그 공주 이름이 분명 엠버야?"

"맞아요."

설마 했는데 정말 잠자는 공주였다는 사실에 유정상은 황당한 표정이 되었다.

그냥 처음부터 잠자는 공주라고만 해줬으면 미련 없이 성으로 뛰어들었을 텐데.

그렇게 성으로 쳐들어가서 잠에 쩔어 있는 공주만 찾으면 최소한 1단계는 쉽게 해결되었을 것이다.

그런데 망할 놈의 커서는 그냥 덜렁 엠버라는 이름 하나만 던져주고 알아서 꿈속으로 찾아 들어가라는 미션을 던졌으니 기가 찰 수밖에 없었다.

'분명 즐기고 있는 거야.'

지금까지 커서는 전혀 감정이 없다고 생각하던 유정상마저 이런 생각이 들 정도였다.

하지만 상황이야 어찌되었건 예상하지 못했던 미르엘과의 만남으로 인해 그래도 생각보다 간단히 정보를 얻었다는 건 분명하다.

"오, 잠자는 공주에 대한 정보는 알아냈군."

살리안의 확답을 들은 주코가 손가락을 튀기며 좋아한다.

유정상은 살리안에게 다시 확인하듯이 물어보았다.

"그럼 그 엠버라는 공주가 저 성에 있는 건 확실하겠지?"

그러자 살리안이 주변을 잠깐 둘러보더니 어색하게 웃으며 말했다.

"일단 공주니까 그렇다고 생각은 하지만, 지금은 상황이 좀……."

"그렇지. 전쟁 중이었군."

"이런 상황에서 큰 도움이 되어 드리지 못해 죄송해요."

"아니, 충분한 도움이 되었다. 어쨌건 공주의 방은 내가 알아서 찾도록 하지."

"그런데 공주님을 찾아서 어쩌실 참인지……?"

살리안이 걱정스럽다는 표정으로 물었다. 아무래도 잠자는 사람을 굳이 찾아가야 할 이유를 알 수 없었기 때문이었다.

"미션이야. 중요한."

유정상은 그렇게 짧게 대답하고는 바로 순식간에 모습을 감추어버렸다.

"괜찮을까요?"

"걱정하지 마아. 나쁜 의도는 없어보이니까아."

"미르엘님은 너무 상황을 낙관만 하신다니까."

"후후후. 내 말이 틀린 적 있어?"

늘 가볍게 말하는 미르엘이지만, 본심을 꿰뚫어 보는 능력은 최고였던 그녀이니 틀리지는 않을 것이다.

❖ ❖ ❖

엠버가 공주라는 사실을 알자마자 커서가 방향을 지정해 주었다.

유정상은 그런 커서를 확인하며 전투 중이라 정신없는 성으로 침투해 들어갔다.

싸우고 있는 병사들을 피해 움직이니까 확실히 전쟁 중이라 그런지 대체적으로 경계가 허술해져 있었다.

'……저긴가?'

성안의 가장 높은 탑을 가리키는 커서를 보고는 곧바로 이동의 팔찌를 이용해 그곳으로 몸을 날렸다. 그리고 창문 밖에 매달려 안을 살폈다.

공주의 방이 맞는지 내부가 꽤나 깔끔하고 고급스럽게 잘 꾸며져 있다.

거기다 중앙에 놓인 커다란 침대엔 하얀 천으로 장식을 해놓아 누가 봐도 공주방이라는 티를 팍팍 내고 있었다.

그런데 창문 안으로 그 침대 근처에 한 명의 여자가 서 있는 게 보인다.

복장을 보니 아마도 공주를 보필하는 개인 하녀쯤으로 생각되어졌다.

하지만 지금 성 밖의 상황이 워낙 급박하게 돌아가는 것을 아는지 그녀도 공주 주변에서 안절부절 못하고 있다.

유정상은 그녀의 그런 행동을 가만히 지켜보다가 곁에 있던 주코에게 조용히 말했다.

"저 여자, 재워."

그 말에 주코가 고개를 끄덕이더니 슬립마법을 걸었다.

그러자 하녀는 그대로 정신을 잃고 쓰러져버렸다.

그녀가 얌전히 쓰러지는 모습을 확인하고는 창문을 열고 안으로 들어선 유정상이 침대 곁으로 다가갔다.

하얀 침대에 가지런한 자세로 누워서 잠들어 있는 여자는 정말 공주의 교과서같이 굉장히 아름다웠다.

하지만 그녀의 외모보다는 진짜 엠버가 맞는가에 대해서만 관심이 있었던 유정상은 곧바로 커서를 이용해 그녀의 정체를 확인했다.

[발콘왕국의 공주 '엠버']

'조촐한 정보로군.'

그이상의 정보는 필요 없긴 했지만, 뭔가 아쉬움이 있는 건 사실이었다.

이제는 그녀의 꿈속으로 들어가야 한다는 숙제가 남아 있었지만 사실 어떻게 들어갈 수 있는지에 대해선 전혀 아는 것이 없다.

그러나 처음부터 그 부분에 대해서 깊게 고민하지 않은 이유가 방법이 없다면 애초에 미션이 성립되지 않기 때문이다.

그렇다면 해결방법은 커서를 이용하는 것일 가능성이 가장 높다는 말이었다.

문제는 어떤 방법이냐는 건데…….

커서를 이리저리 움직이다 그녀의 머리맡으로 가져가 보았다.

그런데 커서가 그녀의 머리를 가리키자 그 근처에서 이상한 현상이 생겨났다.

공기의 일렁임.

미세하게 아지랑이가 피어오르는 현상 보이자 순간 유정상의 먹이를 노리는 것 같은 날카로운 시선이 주코를 향했다.

"왜, 왜 그러냐? 주인."

"가만 있어봐."

"뭐, 뭐 할 건데? 억!"

커서로 주코를 붙잡자 녀석이 화들짝 놀라더니 곧바로 발버둥을 쳤다.

그러나 이것은 주코의 힘으로 뿌리칠 수 있는 종류의 것이 아니다.

유정상은 그런 허무한 반항을 보면서 피식 웃고는 녀석을 공주의 머리맡으로 가져갔다.

그러자 갑자기 주코의 몸이 엿가락처럼 늘어나기 시작했다.

"으아악!"

녀석이 비명을 지르는가 싶더니 순식간에 머리맡 공간으로 빨려 들어가 버렸다.

"역시, 그랬군."

상황을 이해를 했다는 듯 고개를 끄덕이던 유정상이 이번엔 커서로 백정을 잡았다.

하지만 유정상의 생각을 이해한 백정은 주코와는 달리 그저 얌전히 그곳으로 들어갔다.

그리고 마지막으로 산제를 커서로 붙잡자 녀석은 무슨 놀이기구라는 타는 녀석처럼 굉장히 즐거워하며 그곳으로 빨려 들어갔다.

'그런데 나는 어떻게 하는 거지?'

한 번도 자신의 몸을 커서로 들어본 일이 없던 유정상으로서는 조금 어색한 느낌이었다.

하지만 그녀 근처로 다가가 자신의 몸을 지정하는 것만으로도 유정상은 엠버의 꿈속으로 빨려 들어갈 수 있었다.

회오리치는 미끄럼틀을 타고 있는 것 같은 느낌과 함께 잠깐 속이 울렁거리는 매스꺼움이 지나가고 순간 눈앞이 밝아진다.

"어?"

"어머?"

"어머나!"

황당하게도 유정상의 눈앞에는 다시 조금 전에 이야기를 나누던 미르엘과 살리안이 있었다.

"블랙씨! 성으로 들어가신 거 아닌가요오?"

"미르엘님! 블랙씨라니 실례에요!"

"하지만 블랙로브씨라고 하는 건 좀 이상하잖아아."

"그건 더 이상한 거 맞아요! 아, 참. 정말 들어가신 줄 알았는데 결국 침투에 실패하신 건가요?"

"아닌데, 들어가서 엠버의 꿈속으로 들어온 건데?"

"네?"

곁에 있던 주코나 백정도 이상하다는 듯 고개를 계속 갸웃거리고 있었다.

그들도 분명 유정상의 말처럼 엠버의 꿈속으로 들어갔다고 생각하고 있었다.

그런데 어쩐 일인지 원래의 자리로 돌아와 있었던 것이다.

"주인, 튕겨버린 건 아닐까?"

주코의 말에 유정상도 어쩌면 그럴지도 모르겠다는 생각을 하며 고개를 끄덕였다.

하지만 고민을 해 봐도 딱히 무슨 상황인지 이해가 가지 않았다.

"뭔가 문제가 있었던 걸까?"

하지만 원인은 누구도 알 수 없었다.

그런데 잠깐 사이에 성 주위의 상황이 더욱 급박하게 돌아가고 있었다.

앞도적인 마계의 병력이 계속 밀어닥치고 있으니 수성이 점점 위태롭게 보이고 있었던 것이다.

"아직 지원군이 오려면 시간이 더 걸릴 텐데……."

걱정스런 표정으로 살리안이 전장을 바라보았다.

잠시 전장을 살펴보던 유정상도 이대로는 안 되겠다 싶어서 얼른 소환수들에게 말했다.

"일단 우리도 이 전투에 참가한다."

"왜? 우리완 상관도 없는데."

"미션을 하려면 결국 엠버라는 여자가 무사하긴 해야 할 거 아냐? 그런데 만약 이러다가 성이 함락이라도 당하면 어쩔 거야?"

"쳇!"

그런데 그 모습을 보던 살리안이 걱정스러운 표정으로 참견했다.

"이곳은 블랙로브님이 활약하시던 그런 곳과는 차원이 다른 존재들이 싸우는 전장이에요. 미르엘님도 여기선 그저 평범한 천사일뿐 일반 병사 한 명 상대하기 버거워요."

"어머, 그렇게 말하면 내가 비참하잖아아. 블랙씨도 계신데."

"미르엘님, 실례라니까요!"

하지만 유정상이 보기엔 블랙씨나 블랙로브님이나 오십보백보다.

그런데 미르엘을 말리던 살리안이 다시 유정상에게 다가와 걱정스럽다는 얼굴로 말했다.

"방금 말씀드렸지만, 마계 병사들은 막강한 군인들이에요. 어쭙잖게 싸움에 끼어들었다간 블랙로브님의 목숨도 보장할 수 없게 되요."

살리안의 말에 미르엘도 뒤에서 고개를 끄덕이며 걱정스러운 시선을 보내고 있었다.

그녀들은 그동안 유정상이 어느 정도까지 강해졌는지 전혀 눈치를 채지 못하고 있는 것 같았다.

더 이상 그녀들의 비생산적인 수다에는 끼고 싶지 않은 유정상은 몸을 돌려서 전장 쪽을 바라보면서 말했다.

"좋은 정보 알려줘서 고맙다. 이제 너희들은 이제 돌아가 봐도 좋아."

"어머, 오랜만에 만났는데 섭섭해요오!"

규모를 생각하면 제법 부담되는 전투이긴 하지만, 어쨌든 성이 함락당하면 미션도 물 건너가게 된다.

그리고 아무리 위험하다고 해도 진짜로 상황이 어려우면 유정상 본인 한 몸이야 이곳에서 빠져 나가는 건 문제도 아니다.

그러니 크게 부담가질 것도 없다.

아니 이참에 그동안 늘어난 군주 포인트를 이용해서 소

환수들의 전투력을 올릴 수 있는 기회로 삼을 생각이었다.

전투든 사냥이든 적이 존재한다면 굳이 피할 이유는 없었던 것이다.

일단 이런 전투에선 한 가지 종의 소환수를 사용하는 것보다는 여러 종류를 섞어서 조합으로 싸우는 것이 전투력을 극대화 할 수 있다.

먼저 코드 드루이드 100명, 코드 네피림 10기, 코드 자이언트 웜 20기, 코드골렘 10기를 소환했다.

[남은 군주 포인트는 2,280점입니다.]

군주 포인트 사용량이 부쩍 늘어버린 탓에 한꺼번에 7,200점의 군주 포인트가 사용되었다.

그러나 소환수 하나하나가 그만큼 강력해졌으니까 이전보다 전력은 충분히 더 강해져있다.

"세, 세상에……."

갑자기 유정상의 앞에 엄청난 기세를 뿌리는 소환수들이 대거 등장하자 그녀들이 경악했다.

이전에도 소환수를 부린다는 정도는 알고 있었지만, 지금처럼 강력한 기세를 내뿜는 소환수는 아니었다.

갑자기 변한 상황에 적응하지 못하는 그녀들은 그 동안 유정상에게 무슨 일이 있었던 걸까 싶은 생각도 들었다.

"드루킹! 시작해라!"

유정상의 부름에 가장 선두에 나타난 드루킹이 모든 소환수들을 이끌며 선두로 달려 나갔다.

적을 향해서 진격해 나가는 소환수들을 보면서 유정상은 디스플레이 화면 중 부대편성에 대한 화면을 불러들였고, 소환수 모두에 대한 정보를 확인했다.

그러면서 동시에 드라칸을 소환했다.

전장을 지휘하면서도 전투에 참가하기 위해선 공중으로의 이동이 필수적이다.

드라칸이 모습을 드러내자 다시 한 번 경악하던 그녀들.

유정상이 드라칸을 타고 공중으로 비상하자 그녀들도 그를 따라 공중에 날아오른다.

그리고 이어서 드라칸이 자신에게 귀속되어진 드레이크 100여 마리를 불러들였다.

기본적으로는 저들도 유정상의 명령을 받는 하위 몬스터이긴 하지만, 드레이크들은 오직 드라칸만이 소환 가능했다.

게다가 만약에 드라칸이 소환취소가 되는 일이 발생하면 저 드레이크 모두는 같이 소환취소가 되기 때문에 대규모 전투에선 드라칸의 생명력이 바닥나지 않게 잘 관리해야만 한다.

드라칸의 등에 탄 유정상은 드레이크 무리를 이끌고 하늘을 날아서 성으로 진격하는 검은 색의 군단을 향해 다가갔다.

그리고는 먼저 드레이크 100여 마리의 화염공격이 시작되었다.

콰아아아아아.

지상에서 이동하던 마계의 병사들과 마계의 대형 몬스터들이 있던 장소에 엄청난 양의 화염이 쏟아져 내렸다.

그리고 눈 깜짝할 사이에 인근은 완전히 불바다가 되었다.

하지만 기본적으로 마족들은 화염에 강한 내성을 가지고 있었고 거기다 이곳에 참전한 녀석들은 특히 강한 놈들이 대다수였기 때문에 겨우 이 한 번의 공격으로 크게 피해를 입지는 않았다.

물론 그들이 가져온 각종장비와 하위 몬스터의 경우엔 그럭저럭 피해를 줄 수 있었다.

아무튼 그 때문에 드레이크 백여 마리가 놈들의 주목을 받았고, 비행이 가능한 마계 몬스터들이 동시에 하늘로 날아올랐다.

거무튀튀한 색에 황소 같은 덩치를 가졌으며 아귀 같은 입과 여섯 개의 다리를 달고 있는 녀석이 박쥐 날개를 퍼덕이며 드레이크들의 무리에 빠르게 다가갔다.

제일 처음 무리에 달려들었던 녀석은 드라칸에게 물려서 순식간에 사지가 찢겨 나갔지만, 다른 드레이크들은 드라칸처럼 압도적 무력을 가지고 있지 않다. 덕분에 여러 마리의 드레이크들에게도 위기가 왔다.

하지만 곧바로 드라칸 위에서 유정상이 몸을 일으켰다. 그리고 커서를 이용해 드래그를 시전, 한꺼번에 십여 마리의 마족 몬스터를 공중에서 콱 붙들었다.

"크아아아!"

놈들은 갑자기 자신들의 몸을 경직시키는 이상한 힘에 경악하며 소리를 질렀다.

보이지 않는 힘에 의해 당해버렸으니 공포심에 놀란 것도 무리가 아니었다.

그런 모습을 피식 웃으며 바라보던 유정사이 곧바로 놈들의 머리위에 폭격펀치를 날렸다.

콰가가가가가.

놈들은 머리위로 쏟아지는 강력한 힘을 감당하지 못하고 터져나가며 피떡이 되어 바닥으로 쏟아져 내렸다.

압도적인 무력을 보여줬지만 머리가 나빠 보이는 놈들은 계속해서 유정상이 있는 방향을 향해 날아들었다.

미친 광신도를 닮아 있는 놈들의 눈빛은 상대로 하여금 공포심을 불러일으키기 충분해 보였다. 하지만 그런 모습을 보면서도 유정상은 여전히 웃으며 커서를 빠르게 움직였다.

오히려 유정상은 이참에 커서의 능력과 자신의 한계를 함께 시험해볼 생각에 가슴이 두근거릴 정도였다.

역시 블랙로브에 깃든 전투에 대한 갈증이 유정상을 계속 자극해 왔다.

"오너라! 오늘 한번 제대로 놀아보자!"

유정상이 소리쳤고, 그것에 자극을 받은 것인지 마치 불빛에 이끌린 불나방처럼 유정상을 향해 날아드는 수십여 마리의 비행 몬스터들.

순간 그들의 머리위로 폭격펀치가 떨어져 내린다.

콰가가가가가가.

몇 놈은 운이 좋아서 공격을 피할 수 있었지만, 연속으로 떨어져 내리는 소나기 같은 폭격펀치에 대부분 전신이 파괴되며 바닥으로 추락해버렸다.

그리고 동시에 유정상의 활약이 많은 수의 마계 군대의 주목을 받아버렸다.

하지만 그사이 지상에서 접근하던 소환수들이 차근차근 한쪽 진영을 부숴가기 시작했다.

선두에 선 드루킹은 모든 소환수들을 이끄는 동시에 검은 표범으로 변해서 사납게 공격해 들어갔다.

그러다가 자신을 가로막는 마족 병사의 목을 한순간에 물어뜯어 절명시키고는 포효했다.

"크아아아아아앙!"

그러자 뒤를 따르던 마법 드루이드들이 일사불란한 움직임으로 한 지역에 집중적으로 마법을 난사했다.

콰가강. 콰가. 콰가아앙.

파괴마법이 한곳에 집중되자 범위에 속해 있는 마족의 병사들이 일제히 쓰러진다.

놈들 사이에서도 검은 괴마를 탄 데스나이트들이 데스 블레이드를 휘두르며 드루이드 진영에 뛰어들고는 몇 명의 드루이드를 베어 쓰러뜨린다.

하지만, 그럼에도 곧 잘려진 몸을 복구시키며 부활하는 드루이드.

이미 코드 드루이드로 진화를 한 상황이라 그 정도의 공격으로 어떻게 할 수 있는 존재들이 아니었다.

드루이드들이 무적에 가까운 위용을 자랑하며 싸웠지만 마계군대의 데스나이트 역시 쉽게 상대할 수 있는 존재가 아니었다.

가장 강력한 공격력을 가진 여성 마법사 드루이드들의 냉기, 화염 공격에도 꽤나 내성을 보였기에 쉽게 쓰러트릴 수가 없었다.

그 상황에서 코드골렘이 놈들에게 달려들었다.

콰앙!

강력한 코드골렘의 주먹이 데스나이트에게 작렬했다.

"쿠어어어!"

충격에 비명을 지르는 데스나이트.

마계에서도 강력한 전사인 데스나이트였지만 강력한 물리 공격을 자랑하는 코드골렘의 주먹질을 견뎌내는 것은 쉬운 일이 아니었다.

게다가 연속으로 코드골렘의 주먹질을 막아내던 놈들의 방패마저 얼마 견디지 못하고 부서져나가자 결국 놈들도 한 놈, 두 놈 쓰러지기 시작했다.

숫자에선 비록 밀리고 있었지만, 소환수들은 하나하나가 많은 전투경험과 진화를 통해 엄청나게 강해져 있었고, 그 때문에 마계 군대를 앞도하고 있었던 것이다.

그렇게 마계 군대의 중심 전력들과의 싸움은 주로 코드 골렘이나 네피림들이 상대했다. 그리고 일반 병사들의 경우엔 드루이드와 자이언트 웜이 상대하며 착실히 상대의 숫자를 줄여갔다.

그렇게 싸움이 진행되자 적의 세력에 밀려 성벽 근처에서 방어만 하고 있던 천계의 병사들도 이런 전장의 변화된 흐름을 눈치 챘다.

끼이이이익.

굳게 닫혀있던 성문이 열렸다.

그리고 곧 기병을 중심으로 한 천계의 병사들이 바깥으로 쏟아져 나오기 시작했다.

힘든 상황에서도 극적인 반전을 노리고 아껴둔 최후의 전력이었는데 그것을 사용할 적절한 타이밍이 온 것이다.

전쟁이라는 것은 격류의 흐름과 같으며 또한 승리의 기세를 잡는 게 얼마나 중요한지 잘 아는 이가 성안에 있다는 증거였다.

두두두두두두두.

하얀 마갑을 쓴 백마, 유니콘을 탄 천계의 기병들이 돌격해 나왔다.

그리고 강력한 기세를 뿌리는 빛의 창을 앞세우며 돌격해 들어가자 그 위용에 압도당한 마계의 군대가 전열을 흐트러뜨렸다.

그렇게 이미 유정상의 소환수들과 전투에 당하면서 반쯤 혼이 빠져 있던 마계의 병사들은 정신을 차리지도 못하고 순식간에 휩쓸려 나가기 시작했다.

"와아아아아아!"

콰가가가가강!

콰앙!

여기저기서 폭발이 일어나고 사방에서 비명소리가 퍼진다.

마계의 입장에서 보면 분명 숫자에서 압도하고 있었고, 전력도 월등했음에도 갑자기 나타난 수백의 무리가 마계의 진영을 뒤 흔든 덕분에 전체 전쟁의 판도가 뒤바뀌려하고 있었다.

거기다 때마침 성에서 나온 최정예 기사단이 더해지자 마계의 병력들 사이에 대혼란이 일었다.

더 이상 지켜볼 수만은 없는 상황이었다.

갑자기 거대한 철갑을 뒤집어 쓴 사이클롭스 20여 마리가 위압감을 뿌리며 등장했다. 그리고는 기사단의 앞을 가로막고 무지막지하게 생긴 검을 휘둘렀다.

부우웅.

콰앙!

무지막지한 검을 피해 사이클롭스의 사이를 가로지르는 기사단의 선두에 선 기사가 빛의 검을 휘두르자 놈들 몇 마리가 바닥에 쓰러진다.

하지만 사이클롭스 몇 놈이 휘두르는 거대한 쇠몽둥이를 힘겹게 방어하던 기사단 몇 명이 그 충격을 이기지 못하고 바닥으로 구른다.

콰앙!

"이히히힝!"

거대한 검의 충격에 튕겨나간 유니콘들이 비명을 지르며 사방으로 튕겨져 나가자 기사들이 뛰어내려 바닥에 착지했다.

기사단에게 있어 유니콘은 전력의 반 이상을 차지한다. 그런데 이런 식으로 상황이 진행되면 기사단의 모든 유니콘들을 잃을 것이고, 결국 기사단들도 놈들의 먹잇감이 되어버릴 것이다.

치솟던 기세가 한풀 꺾일지도 모르는 상황으로 진행되어 가자 유정상이 다시 싸움에 그들의 싸움에 개입했다.

"네피림!"

한 참 전장에서 활약 중이던 네피림들이 유정상의 지시를 받고 사이클롭스와 기사들의 전투가 벌어지는 장소 쪽으로 이동해갔다. 그리고는 곧바로 몸을 날려 사이클롭스와의 전투를 시작했다.

콰앙! 쾅!

"크어어어!"

네피림들은 특유의 빠른 움직임으로 놈들에게 달려들어 주먹으로 얼굴을 부수거나 껴안아서 바닥에 쓰러뜨리고는 무자비하게 주먹으로 놈들의 전신을 구타했다.

사이클롭스들도 엄청난 덩치와 스피드를 가졌지만 멋진 근육질의 네피림과 비교하면 그저 키 작고 살찐 뚱보, 결국 움직임에서는 차이가 날 수밖에 없었다.

정신없는 와중에 네피림들 중 몇 기가 사이클롭스의 검에 맞아 팔이나 어깨가 떨어져 나가기도 했지만, 이들도 이미 코드 네피림으로 진화한 탓에 금방 몸을 복구해버린다.

예전이었다면 그 상태로 제대로 움직이지 못하다가 적의 집중공격을 받고 바로 소환취소가 되어버려 전력에서 제외되었을 것이었지만 지금은 완전히 다른 괴물이 되어 있었던 것이다.

확실히 진화는 군주 포인트를 많이 소모해도 충분히 그만한 값어치를 하고 있었다.

거기다 엄청난 스피드와 파워의 성장은 덤이었다.

그 때 하늘에선 유정상이 탄 드라칸과 드레이크 무리가 화염공격을 뿌리며 공성부대를 방해하고 있었다.

콰아아아아아아.

수많은 브레스 공격이 공성무기화 된 대형 몬스터 무리 위로 쏟아져 내렸다.

그러자 정신을 지배당해서 기계처럼 진격하던 놈들의 몸

은 화염에 휩싸였고 몸에 붙어있던 각종 대형 강철무기들이 순식간에 녹아내렸다.

"크워어어어어!"

그 때문에 정신지배가 풀리고 발광하는 놈들도 생겨나자 주변에서 통제하던 마계 병사들이 몬스터들에 의해 밟혀 죽는 일도 발생해버렸다.

게다가 유정상의 폭격펀치까지 떨어지자 그 인근은 완전히 아수라장으로 변해버렸다.

하지만 그 사이에 마계의 흑마법사에 의해 쏟아지는 각종 저주와 공격마법에 당해서 드레이크 몇 마리도 바닥으로 떨어졌다.

넓게 펼쳐진 전장은 돌아가는 상황을 쉽게 판별하기 어려울 정도로 점점 복잡하게 흘러가고 있었다.

일부 드레이크들이 고정되어 있는 강력한 공성병기 쪽에도 화염을 뿌리며 녀석들에게 제대로 고춧가루를 뿌리고 있었다.

거기다 이젠 꽤나 마법사로서의 능력을 제대로 발휘하는 주코가 틈틈이 적 흑마법사들의 공격을 취소시켰고, 가끔 날아드는 소형 비행 몬스터들을 산제이나 백정이 단숨에 조각내버리기까지 하니 상대에겐 여간 귀찮은 존재들이 아니었던 것이다.

그쯤 되자 마계 쪽 지휘부에서도 점점 흔들리는 전력상의 문제로 인해 분주해졌다.

그리고 언제 합류할지 알 수 없는 천계의 추가 병력을 상대하기 위해 대기 중이던 부대까지 결국 먼저 내보내야한다는 결정을 내렸다.

그 와중에도 유정상은 드라칸을 타고 하늘을 누비며 적들의 전진부대와 공성병기들을 폭격펀치로 부숴가며 적진을 뒤흔들고 있었다.

그 와중에 제법 강한 공성용 몬스터를 발견하면 버스터 펀치까지 사용해 박살을 내고 있으니 마계 병력들이 제대로 진격을 할 수가 없었다.

그런데 그 때, 적의 후방 쪽에서 엄청난 대군들이 좌우로 갈라지기 시작했다.

그리고 그곳에서 시작된 강렬한 힘이 유정상 쪽으로 뻗어 나왔다.

타닥. 타닥. 타닥. 타닥.

뭔가가 천천히 달려오는 소리가 들린다.

검은 귀신흑마를 타고 오는 검은 투구의 기사가 달려오고 있었다.

붉은 눈빛을 빛내며 무시무시한 기세를 뿌리는 놈들이었다.

그리고 이어서 유정상은 그들이 한둘이 아니라 수십, 아니 수백의 무리라는 것을 깨달았다.

저들이 모두 기사들이라면 전쟁의 판도를 좌우 할 수 있을 정도의 세력이었다.

그것을 본 주코의 표정이 핼쑥해졌다.

"마계 중급의 암흑기사단 중 하나인 '흑풍대' 야!"

상황이 상황인지라 흑풍대가 얼마나 무서운 존재인지 유정상에게 자세한 설명을 할 시간이 없었다.

하지만 사실 유정상에게는 굳이 저들의 자세한 설명까지는 필요 없었다.

어차피 강한 상대든 약한 상대든 모두 쓰러뜨려야 한다는 사실에는 변함이 없으니까.

그런데 놈들이 곧 도약을 시작하자 공중으로 떠오르기 시작했다.

"공중 기사단이라……. 이거 재미있네."

"주인, 지금 웃을 상황이냐!"

"그렇다고 울 수는 없잖아!"

그렇게 대담한 유정상이 놈들의 선두를 향해 드라칸을 몰고 빠르게 이동해갔다.

그리고 순간 번쩍하며 드라칸의 등에서 모습을 감추고는 순간이동으로 놈들의 한가운데 까지 홀로 이동해서는 주변에 폭격펀치를 날렸다.

콰가가가가가가가.

평소보다 월등히 강하며 많은 기력을 쏟아 퍼붓자 놈들 중에 몇몇이 그 공격의 충격을 견디지 못하고 그대로 바닥에 추락했다.

하지만 흑풍대는 유정상이 갑작스럽게 그들 앞에 나타나

공격을 퍼부었음에도 별다른 흔들림 없는 능숙한 움직임으로 유정상을 에워쌌다.

위기의 상황이 연출되었지만 유정상은 재빨리 순간이동으로 자리를 이리저리 옮겨가며 놈들에게 폭격펀치를 날려댔다.

그 때 백정에 매달려 날아온 산제이도 몸을 날려 놈들 사이로 뛰어들더니 이리저리 자신의 칼을 휘두른다.

번쩍! 번쩍!

팅! 팅!

흑풍대는 확실히 일반 마계병사들에 비해 월등히 강한 놈들이라 그런지 날카로운 공격임에도 산제이의 공격은 그리 어렵지 않게 막아냈다.

하지만 산제이가 그림자와 같은 신출귀몰한 움직임으로 놈들 사이를 누비며 칼을 휘두르자 놈들의 방어도 어느 정도 구멍이 생겨났다. 그렇게 빈틈이 생기자 그것을 비집고 들어간 산제이의 공격에 놈들이 타고 있던 귀신흑마의 다리가 잘려나간다.

생컹!

"히이이이잉!"

고통에 비명을 지르며 발버둥치고는 바닥으로 추락하는 귀신흑마와 흑기사들.

"나도 예전의 내가 아니야!"

산제이가 신나하며 소리를 질렀다.

"젠장, 나도다!"

산제이의 활약에 자극을 받았는지 주코가 소리를 지르며 저주마법을 녀석들에서 쏟아 부었다.

하지만 흑풍대는 개개인이 모두 굉장한 검술과 마력을 지닌 존재들이라 주코의 마법은 거의 통하지 않았다.

그리고 엄청난 속도로 날아다니며 빛의 검을 휘두르는 백정 역시도 놈들의 공격에 적지 않은 부상을 입었다.

물론 그때마다 주코가 즉시 힐링을 사용해 금방 회복시키기는 했지만, 쉽지 않은 상대인 것만은 분명했다.

콰가가가가가.

그 때 다시 유정상의 폭격펀치가 떨어지고 동시에 비교 불가의 위력을 가진 버스터펀치가 선두에 있던 기사들의 머리위로 떨어졌다.

콰아아아앙!

그런데 선두에 있던 기사 하나가 그것을 자신의 검으로 걷어내 버렸다.

복장은 다른 기사들과 다르지 않았지만 실력으로 봐선 흑풍대의 대장으로 보이는 녀석이었다. 다른 흑기사들과 달리 검을 한 번 휘두를 때마다 엄청난 기세가 사방으로 뻗어갈 정도로 독보적인 놈이었다.

버스터펀치를 검으로 걷어내 버리다니 유정상은 눈으로 보고도 믿어지지 않을 정도로 엄청난 놈이었다.

그의 주변에 있던 다른 흑풍대의 기사들이 폭격펀치에도

속수무책으로 바닥으로 추락하는 것과는 상당히 대조적인
모습이었다.

'이런 젠장.'

유정상의 인상이 일그러졌다.

한참 열중해 싸우다보니 마나상태를 제대로 체크하지 않
았다. 그런데 지금 확인해보니 마나가 슬슬 바닥을 보이고
있는 게 아닌가.

유정상은 언뜻 흑풍대의 대장과 시선이 마주친 기분이
들었지만 지금은 어쩔 수 없이 후퇴를 해야 했다.

순간이동에 많은 마나를 소모하는 바람에 더 이상 놈들
의 한가운데서 싸우는 것이 불가능해져버린 것이다.

마지막 남은 마나를 쥐어짜 드라칸의 등으로 이동한 유
정상이 얼른 클린볼과 각종 포션들을 인벤토리에서 꺼내
몸에 떨어트렸다.

그러는 동안 가장 가까이 접근해 있는 드레이크들이 놈
들에게 화염을 발사하며 대항했다.

하지만 흑풍대와 드레이크는 전투력에서 압도적인 차이
를 보이는 지라 놈들이 창과 검을 휘두를 때마다 몸이 조각
나며 아래로 떨어져 내렸다.

"쿠오오오오!"

이번에도 흑풍대의 사나운 공격에 드레이크 한 마리의
날개가 잘려나가며 바닥으로 추락한다.

싸움이 길어질수록 바닥에 추락해 소멸해버리는 드레이

크의 숫자도 늘어만 갔다.

비록 드라칸에게 소환된 몸이기에 진짜 죽는 것은 아니라고 해도 유정상의 분노를 일으키기에는 충분한 장면들이었다.

그 와중에 지상의 전투도 점점 치열해지고 있었다.

비록 천계의 추가 병력은 아직 도착하지 않는 상황에서 흑풍대가 투입되어 다시 마계 군대에게 전황이 유리해지고 있기는 했지만 아직은 드레이크 무리의 저지선 덕분에 전체적으로는 충분히 해볼 만하게 흘러가고 있었다.

그때, 유정상도 다시 힘을 회복해 놈들과의 싸움을 재개했다.

유정상은 재빨리 폭격펀치와 버스터펀치를 날리며 밀리는 드레이크들을 지원사격 했다.

하지만 그동안 잘 버텨주던 드레이크들도 이미 절반가량이 소멸해버려서 전체적인 전투력은 많이 떨어진 상태다.

놈들이 그것을 알고는 더욱 거세게 밀어붙였다.

수와 실력에서 모두 흑풍대가 압도하고 있었기에 유정상의 지원사격이 있어도 더 이상 드레이크들만으로 저들을 저지하는 것은 버거운 일이었다.

그리고 지상에서 버텨주던 소환수들도 대부분 자체 회복력은 한계에 다다라서 이제는 하나둘씩 소멸해가고 있으니 상황이 점점 어려워지고 있었다.

아직까지는 뒤에서 지원되는 회복마법으로 어떻게든 버텨주고 있었지만 슬슬 유정상도 물러 날 타이밍을 계산해야 할 순간이었다.

그나마 전투력이 엄청 올랐던 터라 이만큼이라도 버틴 것이다.

그때였다.

먼 곳에서 나팔소리가 들려왔다.

뿌우우우우.

그 순간 흑기사들의 파상적인 공격이 주춤했다.

돌아보니 성의 우측 편에서 빠른 속도로 접근하고 있는 하얀색의 대군이 눈에 들어왔다.

자세히 보지 않더라도 천계의 군대임은 알 수 있었다.

그리고 같은 방향의 상공에서도 많은 수의 백색 페가수스를 탄 기사들이 함께 모습을 보이고 있었다.

뿌우우우우.

다시 한 번 진군의 나팔소리가 전장에 울려 퍼진다.

그리고 그 소리와 함께 등장한 대군의 위세에 마계의 병사들이 우왕좌왕하기 시작했다.

안 그래도 성에서 튀어나온 기사들과 유정상의 소환수들 때문에 정신없는 상황을 겨우 수습해가고 있던 때라 갑작스럽게 등장한 천계의 대군에 사기가 곤두박질 친 탓이다.

상황이 이렇게 되니 마계의 지휘본부에서도 다급히 나팔소리가 울렸다.

몇 번을 끊어 울리는 복잡한 소리였는데 그 나팔소리가 퍼지자 동시에 모두의 진군이 멈추었다.

그리고 앞에 있던 공성용 몬스터와 병사들만을 남겨두고 모두 뒤로 빠지기 시작했다.

일제히 퇴군을 시작한 것이다.

그 모습이 확인되자 성문이 열리며 하얀색의 병사들이 반격을 시작했다.

그러나 남은 몬스터와 마계 병사들이 후퇴를 돕기 위해 결사항전을 했다.

후퇴병력을 조금이라도 더 보존하려는 계책이었고, 또한 후퇴가 어려운 앞선 공격병력을 과감하게 버린다는 냉혹함 이기도 했다.

"후퇴!"

흑풍대 놈들도 빠르게 퇴각을 시작했다.

그리고 그들의 퇴각을 돕기 위해 흩어져 있던 비행 몬스터들이 대규모로 몰려들어 유정상과 드레이크의 무리의 앞을 가로막았다.

산제이와 백정이 각각 자신들의 쌍칼을 휘두르며 막아서는 비행 몬스터들을 토막 냈지만, 그 수가 너무 많이 흑풍대의 추격이 불가능해졌다.

그러자 유정상의 옆을 날고 있던 주코가 인상을 찌푸리면서 한마디 했다.

"놈들은 귀중한 전력이라 이런 곳에서 허무하게 소모시

킬 수는 없을 테니 당연한 결정이야!"

"도망치는 것들에게 그런 권리 따위는 없다!"

분노한 유정상이 그렇게 소리치며 그를 막는 많은 수의 비행 몬스터들에게 한꺼번에 폭격펀치를 날렸다.

콰가가가가가.

폭격펀치가 다섯 번 연속으로 들어가자 몰려든 백여 마리의 몬스터가 가을바람을 맞은 낙엽처럼 한꺼번에 힘을 잃고 바닥으로 추락하는 엄청난 광경이 펼쳐진다.

그럼에도 마구잡이로 몰려드는 비행 몬스터들의 방해는 끝이 없다.

오로지 흑풍대를 살리겠다고 발악하는 것처럼 보일정도였다.

콰아아아아아아아.

드레이크들이 일제히 놈들의 퇴각방향을 향해 화염의 브레스를 발사했다.

아직 남은 드레이크의 수가 50마리 정도나 되었기 때문에 한꺼번에 발사되는 브레스의 물량과 위력은 대단했다.

비행 몬스터들은 화망처럼 겹쳐지는 화염 브레스의 화력을 견디지 못하고 녹아내렸다.

순식간에 길이 만들어지자 드라칸이 힘차게 그 사이를 뚫고 비행을 시작했다.

그리고 곧 유정상의 눈에 놈들의 퇴각모습이 들어왔다.

"곱게 못 보내주지. 내 소환수들에게 그만큼의 피해를 입힌 주제에."

따지고 보면 타인의 전쟁에 마음대로 끼어든 것도 유정 상이고, 피해도 상대방이 더 입었지만, 그딴 건 그의 관심 밖이다.

일단 끼어든 순간 자신의 전쟁이며 손해를 보고는 못 참 는 유정상식 계산법이다.

유정상은 남은 녀석들에게는 관심을 버리고 빠르게 퇴각 하는 놈들의 지휘본부를 노렸다.

놈들의 지휘본부 근처엔 엄청난 존재감을 자랑하는 괴물 같은 놈들이 몇 보였다. 물론 만만치는 않을 테지만 분노로 잠깐 현실감을 상실한 유정상에게는 전혀 상관없는 일이었 다.

콰가가가가가.

마지막으로 막아섰던 비행 몬스터들이 유정상의 폭격편 치에 녹아내리자 흩어지는 육편을 뚫고 드라칸이 빠르게 날아갔다.

그리고 순식간에 놈들의 후퇴 행렬을 따라잡았다.

그런데 그 행렬 속에서 붉은색 갑옷의 전사 하나가 끝까 지 뒤를 따라오는 유정상 쪽을 힐끔 보더니 몸을 훌쩍 허공 으로 띄운다.

그리고 이어서 무서운 속도로 유정상을 향해 날아오는 것이다.

날개가 없는 놈임에도 비행이 자유로운 걸 봐서는 비행마법을 구사하고 있는 듯 보였다.

놈이 허공을 가르고 날아오르며 동시에 양손을 뻗자 손끝에서 파지직 거리는 소리와 함께 강렬한 스파크가 튀었다.

그리고 그 스파크 사이에서부터 뭔가가 뻗어 나오더니 곧 두 자루의 칼이 완전한 형체를 이루었다.

마치 일본도처럼 생긴 물건이었는데 붉은 갑옷의 전사는 그 두 자루의 검을 양손에 쥐자마자 바로 가볍게 교차시키며 휘둘렀다.

번쩍!

순간 무서운 형태의 검기가 날아들자 유정상이 다급한 움직임으로 몸을 날렸다.

그러자 그 강렬한 빛 모양의 검기가 드라칸에게 작렬했다.

댕겅!

유정상은 겨우 몸을 피했지만 급박한 상황 때문에 혼자 남겨졌던 드라칸의 어깻죽지부분이 가볍게 잘려나갔다.

"크오오오오오!"

드라칸이 비명을 지르며 바닥으로 추락하자 유정상은 곧바로 소환취소를 해버렸다.

그것과 동시에 남아 있었던 50여 마리의 드레이크들도 모두 동시에 소환취소 되어 버렸지만 어차피 내버려 뒀어도 얼마 못가서 소환취소 될 정도로 큰 상처였기에 어쩔 수 없는 선택이었다.

더불어 공중에서 방향을 잃고 추락하던 유정상은 순간 눈에 불똥이 튀는 기분을 느끼며 이를 악물고 녀석을 향해 순간이동을 시전 했다. 하지만⋯⋯.

콰아앙!

근처로 이동하자마자 놈의 도가 유정상에게 휘둘러졌고 너무나 빠른 속도에 미쳐 반응할 수 없었던 유정상을 대신해서 커서 방패가 그것을 막아냈다.

동시에 상상을 초월하는 충격에 방패가 튕겨나갔고 그 충돌과 함께 발생한 충격파가 퍼지며 유정상의 몸도 사정없이 밀어냈다.

"크앗!"

유정상의 몸이 마치 교통사고를 당한 것처럼 맥없이 튕겨나갔다.

큰 타원형을 그리며 몸이 바닥으로 추락하고 있었음에도 그 감당하기 힘든 충격파에 유정상이 정신을 차리지 못하자 근처에 있던 백정이 다급한 음성으로 소리를 질렀다.

"삐이이이!"

그리고 빠르게 날아와서는 추락하고 있는 유정상을 잡아챘다.

"삐이이이이!"

백정이 계속 소리를 지르자 그제야 겨우 정신을 차린 유정상이 다시 눈을 크게 뜨며 퇴각하고 있는 놈들의 방향을 확인했다.

그런데 그때 붉은색 갑옷의 전사가 유정상 쪽을 힐끔 돌아보더니 약간은 아쉽다는 표정으로 몸을 돌려서 후퇴하는 행렬을 따라가는 모습이 보였다.

여유가 넘치는 그 모습에 마치 놈의 비웃음 소리가 들리는 것 같아서 유정상은 자신도 모르게 입술을 깨물었다.

"젠장!"

놈의 공격은 너무 강해서 단 한방을 제대로 견디는 것도 쉽지 않았다.

하지만 이렇게 그냥 놈이 이곳을 벗어나는 걸 그냥 바라만 봐야 한다는 사실이 너무 분했다.

끊임없이 노력해서 이제는 자신도 제법 강해졌다고 생각했는데 진정한 강자의 일격은 상상을 초월하는 파괴력을 내고 있었다.

그런 와중에 완벽하게 전장을 장악한 천계의 병사들은 질서정연하게 전장을 정리해 들어갔다.

그렇게 마계의 군대가 물러나고 나자 갑자기 이상한 현상이 벌어졌다.

성벽을 지키던 많은 수의 병사들 중 상당수가 갑자기 전신에서 빛을 뿌리더니 신기루처럼 그 형태가 흩어지며 사라지고 있었다.

"뭐, 뭐야?"

유정상이 황당하다는 눈으로 그쪽을 바라보는데, 이상한 현상은 그것이 끝이 아니었다.

성문을 열고 나왔던 기사단도 그들과 마찬가지로 몸에서 빛을 뿌리더니 사라져버리는 것이다.

그때 무슨 일인지 영문을 알 수 없어 혼란스러워하는 유정상의 눈앞에 새로운 메시지가 떴다.

[엠버의 꿈속으로 들어가 적의 침공을 막아라.]
[다섯 번째 미션완료.]
[20레벨이 올라 현재 258레벨이 됩니다.]
[보상으로 '마법 수정술' 스킬이 생성됩니다.]

"미션이 완료…… 되었다고?"

순간 상황을 이해하지 못하고 얼떨떨한 표정으로 서 있던 유정상이 곧 뭔가를 깨닫고는 소리쳤다.

"이거, 엠버의 꿈속인거야?"

그 말과 동시에 다시 어지러운 느낌과 동시에 세상이 회전하는 것처럼 보이더니 다시 모든 것이 사라지고 미르엘과 살리안의 모습만 눈앞에 나타났다.

마치 순식간에 어딘가에서 튕겨져 나온 기분이었다.

이번에는 정말 엠버의 꿈속에서 밀려나온 모양이었다.

유정상의 옆에는 주코와 백정 그리고 산제이가 한참 뭔가를 하던 자세로 나타나서는 어리둥절한 표정으로 주위를 둘러보고 있다.

"젠장, 또냐?"

"어머, 성으로 침투하신 거 아니었어요?"

미르엘이 똑같은 질문을 던졌던 저번과 달리 이번엔 살리안이 그렇게 물었다. 그 때문에 살짝 황당해하며 유정상이 되물었다.

"돌아가면서 질문하는 건가?"

"네?"

하지만 유정상이 하는 질문의 뜻을 제대로 이해하지 못한 모양이었다.

"블랙씨, 역시 침투에 실패하신거군요오."

"미르엘님, 실……."

살리안이 뭐라고 할지 너무 잘 알 것 같았던 유정상은 얼른 그녀의 말을 끊으면서 말했다.

"그만! 실례 아니니까, 이제 그 실례니까 그만하라는 말도 듣기 지겹군."

"나도!"

주코까지 거들자 살리안이 영문을 몰라서 당황한 표정으로 유정상을 올려다보았다.

그런데 샤잉족의 특성인지 그 모습이 마치 무슨 큰 죄라도 지은 사람처럼 불쌍한 표정이었다.

"네? 무슨 말씀이신지······?"

"아니야. 너희들 잘못도 아니니까."

"······?"

유정상은 살리안이 혹시 울어버리기라도 할까봐 두려워 그냥 얼른 얼버무렸다.

그때 갑자기 마계 군대진영에 이상한 일이 벌어졌다.

공격을 하던 마계 병사들과 몬스터들이 갑자기 이유도 없이 소멸하는 현상이 벌어진 것이다.

느닷없이 절반에 가까운 병사들이 비명횡사하며 소멸해버리자 마계 쪽의 군전체가 혼돈에 빠져버렸다.

그리고는 잠시 후, 퇴각을 알리는 나팔소리가 들려오는가 싶더니 후퇴하기 시작했다.

"도, 도대체 무슨 일이 벌어진 거죠?"

살리안은 어안이 벙벙한 얼굴로 전장을 바라보며 말했다.

하지만 유정상은 지금 벌어지고 있는 저 기괴한 현상이 무엇인지 알 것 같았다.

자신이 엠버의 꿈속을 통해 전쟁에 참가했는데 그 결과에 대한 여파가 현실까지 영향을 미치며 발생하고 있다는 것임을 말이다.

"전쟁에 누군가 참여 한건가요?"

"흐흐흐흐."

주코가 상황을 이해하고 음산하게 웃었다.

이번 전투에서는 유정상을 따라 다니느라 별 활약도 없었던 녀석인데 표정만 보면 자기 혼자서 다 했다는 듯이 뿌듯해 하고 있었다.

그런 주코의 표정을 이해할 수 없다는 표정으로 바라보던 살리안과 달리 미르엘은 그저 천진난만하게 웃으며 주코 바라보더니 의미심장한 표정으로 유정상을 바라본다.

마치 그녀도 뭔가를 알고 있다는 듯이 유정상과 눈빛을 마주치며 웃어보이자 순간 흠칫했다.

'설마, 아니겠지.'

유정상은 마음속으로 고개를 저으며 그렇게 생각했지만 그러나 미르엘은 천사다.

비록 전투력은 유정상에 비해 낮다고는 해도 알 수 없는 능력을 가지고 있을 테니 방심할 수는 없는 일이다.

하지만 그녀는 더 이상 이 상황에 대해서는 별말을 하지 않았다.

살리안은 여전히 상황을 이해하지는 못해 어리둥절한 표정이었지만 어쨌든 다행이라는 듯이 나직이 한숨을 쉬면서 말했다.

"곧 있으면 지원군이 도착할거에요."

그녀의 말이 있고나서도 한참이나 시간이 흘러 전장이 어느 정도 정리되자 그제야 지원군의 나팔소리가 들려왔다.

당연히 꿈속에서 나오기 전에 들었던 그 익숙한 소리였다.

하지만, 어찌된 일인지 아무리 기다려도 던전 출구 포탈이 열리지 않았다.

미션도 마무리했으니 당연히 자연스럽게 포탈이 열릴 거라고 생각하고 있었는데 의외로 아직 뭔가가 남아 있는 모양이었다.

잠시 후, 성문이 열리며 백색의 기사무리가 유정상이 있던 장소 쪽으로 이동해 왔다.

"무슨 일이지?"

유정상이 영문을 몰라 그곳을 바라보고 있는데 그 기사들 사이에서 어쩐지 익숙한 얼굴 하나가 보인다.

엠버공주.

흰색의 다소 소박한 드레스를 입은 그녀가 기사들에게 호위를 받으며 다가오고 있었던 것이다.

유정상은 아마도 미션의 대상이었던 그녀가 이 던전을 나갈 수 있는 것과 관련이 있을지도 모른다는 생각에 그냥 일단 그들이 다가오기만을 기다렸다.

공주는 가까이 도착하자 기사들은 그냥 세워두고 시녀와 함께 유정상에게 다가왔다.

주코가 슬립마법으로 잠들게 했던 바로 그 시녀와 말이다.

그리고는 무척 감동한 음성으로 말했다.

"당신이군요."

"……"

"당신에게 은혜를 입었어요. 감사합니다."

공주가 유정상에게 감사인사를 했지만 주변에 있던 기사들은 공주의 말을 정확히 이해하고 있지 못했다.

그저 갑자기 6개월 동안이나 잠들어 있던 공주가 갑자기 깨어난 것이 아직 놀라울 뿐이었다.

물론 그녀가 깨자마자 성 밖으로 나가서는 정체를 알 수 없는 존재에게 고맙다는 인사를 하고 있는걸 보면서 뭔가 이유가 있을 거라고 내심 짐작을 하고 있을 뿐이다.

"저는 알고 있어요. 당신이 해주신 일들을."

"뭐, 어차피 해야 할 일이었으니까. 그리고 다른 이들의 인정 따윈 받아도 그만, 안 받아도 그만이니까. 별로 신경 쓰지 않아."

"무례하다!"

유정상의 반말에 곁에 있던 기사들 중 하나가 당황한 표정으로 소리쳤다.

책임자로 보이는 중년의 사내였는데 그가 갑자기 끼어들었지만 유정상은 별로 신경 쓰지 않았다.

사실 유정상도 공주에게 존댓말을 써 주고 싶었지만 블랙로브의 특성상 그게 안 되니 답답할 뿐이었다.

오히려 그런 기사를 공주가 나서서 저지했다.

"이분은 충분히 자격이 있는 분이니, 무례한 행동은 삼가세요."

"죄, 죄송합니다."

자격이 있다는 말은 공주와 동급이라는 의미였으니 오히려 기사가 당황하더니 유정상에게 다시 말했다.

"미, 미안하오."

그래도 반존칭만 사용하는걸 보면 유정상을 완전히 신뢰하고 있지는 않고 있는 모양이었다.

그런데 유정상의 눈에 그녀의 머리에 이상한 마법진이 검은 연기와 함께 얽혀 있는 모습이 보였다.

갑자기 왜 이런 것이 보이는 지 알 수 없어 미간을 좁혔지만 유정상은 곧 자신이 '마법수정술'이라는 새로운 스킬을 익혔다는 걸 기억해냈다.

'느닷없이 저런 게 보이면 나더러 어쩌라는 거야?'

그렇게 생각하며 마법진을 유심히 살폈다.

그런데 어쩐 일인지 가만히 바라보고만 있는 데에도 마법진의 원리가 조금씩 이해가 되는 기분이었다.

'......?'

마법수정술이라는 스킬의 영향이겠지만 그저 의미 없이 복잡해보이기만 했던 마법진이 조금씩 이해가 된다는 건 유정상에게도 굉장히 새로운 경험이었다.

하지만 주변인들은 유정상의 그런 모습이 이상해보일 뿐이었다.

특히 중년의 기사는 너무 예의 없어 보이는 그가 전혀 마음에 들지 않았다.

마치 마계의 검은 무리처럼 칠흑 같은 검은색의 로브를

쓰고 있다는 사실도 그랬지만, 무슨 일인지는 몰라도 그가 마치 감상을 하듯이 대놓고 공주를 빤히 바라보고 있으니 공주의 호위대장으로써 그는 지금의 상황이 불편하다 못해 폭발하기 직전이었다.

그런 호위대상의 상태를 눈치 챈 엠버공주가 그를 향해 싱긋이 웃어 보이며 진정시키고는 다시 유정상을 바라보았다.

엠버공주는 어쩐지 그가 자신의 상태를 알고 있는 것은 아닐까하는 기대감이 생겨났다.

유정상이 꿈속으로 들어와서 불리하게 흘러가는 전쟁을 완전히 뒤집어 놓았다는 것은 오직 공주만이 알고 있었기에 생겨나는 기대감이었다.

마법진에 집중하느라 그런 엠버의 시선을 제대로 느끼지 못한 유정상이 곧 입을 열었다.

"완전히 그 저주마법에서 벗어난 건 아니군."

말을 한 본인도 놀라운 질문이었다.

유정상은 어째서 갑자기 이런 말을 할 수 있었던 걸까?

그건 바로 공주의 머리를 지배하고 있는 저 마법진을 모두 이해하고 있었기 때문이었다.

단순한 저주마법이 아닌, 치밀하게 설계된 마법진이 그녀의 머릿속에 각인되어 있어서 일반적인 저주해제마법으로는 치유가 불가능하다는 것도 알아냈다.

"어, 어떻게……?"

유정상의 말에 기사의 무리 뒤편에 서있던 여자 하나가 모습을 드러내며 놀란 음성으로 말했다.

그녀는 하얀 옷에 하얀 고깔모자를 쓰고 자그마한 막대기를 들고 있어서 전형적인 마법사의 모습을 하고 있었다.

유정상이 그녀를 돌아보면서 말했다.

"아마도 몇 시간 후면 다시 잠에 빠져 들겠지."

그녀가 나서기 전부터 이미 그 존재를 눈치 채고 있었기에 유정상은 가볍게 그녀의 말을 받았다.

그러자 엠버공주가 다시 자못 심각한 표정으로 끼어들면서 물었다.

"방법이 있을까요?"

엠버의 질문에 유정상의 시선이 다시 그녀를 향했다.

치료가 가능한지에 대해 물었지만 유정상은 아무런 대답도 하지 않고 그저 그녀의 눈빛을 바라보고만 있었다.

전혀 흔들림이 없는 눈동자였는데 그 눈을 바라보고 있으니까 어쩐지 엠버공주의 단호한 의지가 느껴졌다.

잠시 동안의 침묵이 흐른 후 유정상이 다시 입을 열었다.

"가능성이라면…… 어느 정도는. 하지만 확신은 못 해……."

"아……!"

그런데 유정상의 대답과 동시에 새로운 미션이 발생했다.

[선택미션 발생]

[엠버에게 걸린 저주를 풀어라.]

[미션을 포기하면 곧바로 포탈이 생성되어 던전을 나갈 수 있으며 새로운 미션을 받는다면 추가 보상을 기대할 수 있다.]

[미션에 실패해도 패널티는 받지 않는다.]

'갑작스런 미션이라니⋯⋯.'

유정상이 갑작스런 메시지에 조금 놀랐다.

하지만 받아도 그만, 안 받아도 그만인 미션이다.

아마도 마법수정술을 테스트해 볼 수 있는 상황이 주어진 것 같았다.

게다가 페널티가 없는 일종의 보너스 미션이라니 해봐도 괜찮겠다는 판단이 섰다.

하지만 이건 유정상 입장에서의 이야기다.

"아주 위험할 수도 있어."

확실히 유정상이 보기엔 그랬다.

보너스 미션이긴 했지만 저 마법진은 엠버의 머릿속에 단단히 자리를 잡은 상태로 이미 하나가 되어가고 있는 과정에 있었다.

그러니 아무리 저 마법진을 다 이해하고 있다고 해도 쉽게 손을 대긴 어려운 상황임에 틀림없었으니까.

"부탁드릴게요."

"공주님! 그건 안 됩니다."

공주의 갑작스러운 결정에 하얀 옷의 마법사가 얼른 나서면서 말렸다.

하지만 엠버공주는 그녀의 말은 전혀 신경 쓰지 않고 오직 유정상만 바라보면서 말했다.

"당신이라면 맡길 수 있을 것 같아요."

"공주님!"

마법사가 다시 한 번 공주를 불렀지만 엠버의 표정은 단호하게만 보였다.

그런 공주의 결정에 주변인들이 모두 경악하고 있었지만 그녀의 눈동자는 주위의 반응에 전혀 흔들리지 않고 있었다.

엠버는 어느새 가까이 다가와서 자신의 팔을 붙드는 여자 마법사를 슬쩍 돌아보며 말했다.

"깨어나는 시간이 점점 짧아지고, 잠들어 있는 시간은 점점 늘어나고 있어요. 언젠가 완전히 잠들어 버릴 때가 올지도 몰라요. 그런 상태라면 죽은 것과 다를 바가 없지요."

"하, 하오나."

"제겐 마지막 기회가 될지도 몰라요. 그러니 후회를 남기고 싶지 않아요."

"고, 공주님."

공주의 절망스러운 말에 주변에 있던 이들이 모두 침통해 있었다.

하지만 그래봐야 유정상에게는 아무런 감흥도 없었고, 그저 공주라는 직책이나 이런 분위기 모두가 어색하기만 할뿐이었다.

물론 이런 상황에서도 여전히 덤덤한 이 감정은 블랙로브의 영향을 받은 탓일지도 모르지만 말이다.

하지만, 상대가 결심이 섰다면 유정상도 망설일 이유가 없다.

"위험할 수도 있다는 말을 이해한 건가?"

"네. 이해했어요."

"좋아. 그럼 시작하지."

유정상이 간단하게 말하자 공주를 둘러 싼 많은 이들이 깜짝 놀라며 말했다.

"여, 여기서 당장 말이오?"

"일단 성안으로 들어가서……."

하지만 유정상은 길어지는 그들의 말을 끊으며 단오하게 말했다.

"내가 불편해서 안 돼. 그리고 다시 잠들기라도 하면 더 이상 내가 할 수 있는 건 없다."

"……."

유정상의 말에 모두가 꿀 먹은 벙어리처럼 입을 다물자 엠버공주가 얼른 나서며 말했다.

"지금 당장 해주세요."

"알았다."

가볍게 고개를 끄덕이며 대답한 유정상이 곧바로 그녀의 머릿속 검은 연기에 쌓여 있는 마법진으로 커서를 보냈다.

그러자 자연스럽게 마법수정술이 발휘되면서 그것을 조심스럽게 확대해서 눈앞에 영상으로 비춘다.

유정상은 확대 된 그녀의 머릿속 마법진을 조금씩 살폈다.

복잡한 도형과 문자들의 중복이 입체감 있게 떠오르며 서서히 펼쳐졌지만 어쩐지 생각보다는 익숙한 느낌이었다.

문자의 뜻도 알아볼 수 있었고 도형의 의미도 대충 다 알 것 같은 기분이다.

유정상은 눈앞에서 확대 된 마법진에 조심스럽게 커서를 가져갔다.

도형 중 몇 개는 치명적인 것이었기에 그것을 조심스럽게 피해서 커서를 움직였다.

그리고 마법진 전체를 조율을 하고 있는 마법 문자 몇 개 역시 손대지 않는 게 이롭다고 판단했다. 그래도 최대한 위험을 줄일 필요는 있으니까.

그렇게 살피다 드디어 꿈과 관련된 도형과 문자를 발견했다.

'이것이군!'

꽤나 깊숙하게 숨겨둔 탓에 커서로 직접 그것을 건드리는 게 쉽지는 않았다.

하지만 정신을 집중해서 커서의 크기를 조절한 유정상은 더욱 정밀한 움직임으로 그것들 사이에서 몇 개의 문자를 지워낼 수 있었다.

하지만 나쁜 효과를 내는 문자라고 해도 무조건 지운다고 능사는 아니다.

상황에 따라선 마법진에 미치는 영향을 고려해서 글자를 바꾸기도 해야 하는 것이다.

그래서 문자를 마법진 안에서 찾아보았다.

많은 문자가 안에 들어있다 보니 똑같은 의미를 가졌지만 나쁘지 않은 결과를 만드는 글자도 존재했다.

그래서 그것들 중 필요한 글자를 찾아낸 유정상은 지워버린 곳에 채워 넣었다.

"후우."

처음이라 그런지 쉽지가 않아 유정상의 이마에는 땀이 제법 송글송글 맺혔다.

그러나 한 번 시작한 이상 멈출 수는 없다.

이대로 잠깐이라도 작업을 멈춘다면 무슨 일이 벌어질지 판단하기가 쉽지 않은 탓이다.

계속 집중력을 유지한 상태로 신중하게 마법진을 살펴가며 제거해야하는 도형과 문자를 찾아 조금씩 소멸시켰다.

그렇게 대략 30여분의 지루한 시간이 흐르고 나서야 유정상은 집중을 멈추고 크게 심호흡을 할 수 있었다.

드디어 수정할 수 있는 모든 부분을 수정해 낸 것이다.

완성후의 모습을 살펴보니까 그녀의 머리에 뿌리내린 마법진은 여전했지만 그 주위를 감싸고 있던 검은 연기는 거의 걷혀진 느낌이다.

그런데 엠버공주는 여전히 눈을 감은 채 서서 가만히 있을 뿐이다.

유정상은 조금 긴장된 얼굴로 그녀를 바라보았다.

그러자 곧 그녀도 눈을 뜨고는 유정상을 바라보더니 살짝 몽롱한 음성으로 물었다.

"다…… 된 건가요?"

"그래. 내가 할 수 있는 건 다했지."

그 말에 백색의 여자마법사가 서둘러 엠버에게 다가왔다.

그리고는 그녀를 향해 상태를 확인할 수 있는 마법을 발현했다.

마법이 발현되면서 공주의 몸 주위로 빛이 어렸고 이어서 곧 그 빛이 사라지자 여자마법사의 눈이 화등잔만 해졌다.

"어, 어떻게 이런 일이……?"

설마하며 지켜보고 있었지만.

아니, 어쩌면 혹시 하는 기대감을 가지고 지켜본 것도 사실이었다. 하지만 설마 이렇게 갑자기 엠버공주의 몸에 걸려있던 마법의 성질이 바뀔 수 있을 거라고는 상상도 하지 못했다.

사실, 이미 몸에 작용하고 있는 마법의 성질을 바꾼다는
건 말처럼 쉬운 일이 아니다.

특히나 정신에 작용하고 있는 마법의 경우엔 더 그렇다.

그나마 마법에 걸린 지 얼마 지나지 않았다면 모를까, 엠
버의 경우엔 6개월이나 마법과 동고동락했기에 이미 마법
진과 그녀가 한 몸이 되어버린 상황이다.

그렇다는 건 이제 마법진을 소멸시키면 엠버공주의 몸도
소멸된다고 봐야한다.

그래서 할 수만 있다면 악랄한 마법의 성질을 조금이라
도 눌러서 공주의 몸에 악영향을 최소한으로 줄이는 것이
할 수 있는 전부였다.

그러니까 최고의 마법사 중 한 명인 그녀조차도 지금까지
저 마법진의 힘을 조금 억누르는 것이 최선이었던 것이다.

그런데 검은 로브의 사내는 무슨 방법을 사용했는지는
몰라도 엠버의 정신에 작용하던 마법의 성질을 완전히 바
꾸어 놓았다.

마법은 여전히 그녀의 정신에 작용하고 있었지만 이제는
아무런 해가 없는 흐름으로 바꿔버렸으니 실제로는 마법진
을 재거해 버린 것이나 다름없었던 것이다.

여자마법사는 도저히 믿을 수 없다는 표정으로 블랙로브
의 사내를 바라보았다.

하지만 그런 그녀의 황당한 얼굴에도 전혀 상관없다는
듯 유정상은 그저 곧 나타날 메시지를 기다렸다.

"어때요?"

엠버가 여자마법사 벨렌에게 물었지만 아직 정신을 차리지 못한 그녀는 얼떨떨한 상태로 그저 블랙로브만을 바라보고 있었다.

"벨렌?"

"네? 아, 고, 공주님."

"어떤가요?"

공주의 질문에 겨우 정신을 차린 벨렌은 여전히 믿을 수 없다는 듯이 가볍게 고개를 가로저으며 자신이 알아낸 상황에 대해서 보고했다.

"마법의 성질이 바뀌어서, 제가 보기엔…… 괜찮으신 것 같습니다."

"정말인가요?"

"네."

그동안 이 마법진 때문에 죽을 고생을 하던 공주를 떠올린 벨렌이 조금 어색한 웃음으로 고개를 끄덕여주었다.

그러자 엠버공주가 곧바로 블랙로브에게 고마움을 표하기 위해 다가가려했다.

갑자기 유정상의 눈앞에 메시지가 생성되었다.

완벽히 그녀를 치료했다는 뜻일 것이다.

[미션완료.]

[엠버의 저주를 치유하였습니다.]

[추가보상으로 엠버의 마법진 속에 박혀있던 일곱 개의
조각 중 두 번째를 얻었습니다.]

[탈출용 포탈이 생성됩니다.]

'이번에도 그 조각인가?'

일곱 개의 조각이 무엇을 뜻하는지는 모르지만, 커서가
점점 자신의 힘을 찾아가고 있다는 것은 알 수 있었다.

유정상의 눈앞에 복잡한 문양이 새겨진 조각이 생성되었
고, 그것에 커서를 가져가자 바로 곁에 사각 판이 생성되었
다.

이번에도 설계도 같기도 하고 직소퍼즐 같기도 한 그림
이 생성되었고, 조각이 그곳으로 이동해 그중 한곳에 자리
를 잡았다.

'그림을 완성하면 끝나는 건가?'

의문점이 많았지만 결국 시간이 흐르고 미션을 완성하면
알 수 있게 될 것이다.

의문의 조각이 뭔가 엄청난 것의 일부분이라는 것은 이
해하지만 어찌되었건 유정상에게 따로 떨어지는 보상은 없
었다.

그 때문에 아쉬운지 입맛을 다셨다.

뭔가 추가미션이라는 말에 엄청 괜찮은 보상을 기대했지
만 허접한 모양이 조각 하나를 끝으로 결국 모든 기대감이
물거품처럼 사라졌으니까.

'조금 아쉽네.'

아쉬운 표정으로 입맛을 다시는 유정상의 표정을 본 천사 미르엘이 빙긋 웃었다.

아무튼 그런 와중에 바로 근처에 포탈이 열렸다.

"그럼, 난 이만 가보겠다. 할 일은 다 했으니까."

유정상은 그렇게 말하며 바로 포탈 속으로 발을 들인다.

그러자 갑작스러운 상황에 놀란 엠버공주가 서둘러 자신의 반지를 뽑아 유정상을 향해 던졌다.

그 때문에 얼떨결에 그것을 받았다.

"......?"

"제가 드릴 수 있는 건 그것뿐이에요!"

엠버가 떠나는 유정상을 향해 자신의 소중한 물건을 던져 준 것이다.

그 때문에 그녀 곁에 있던 시녀가 경악성을 질렀지만 공주는 여전히 사랑스러운 미소를 지으며 포탈로 들어가는 유정상을 향해 외쳤다.

"다음에 또 기회가 된다면······!"

그렇게 그녀의 마지막 외침소리를 들으며 유정상이 포탈속으로 사라져갔다.

'또 만나고 싶어요.'

유정상이 사라진 포탈을 바라보며 엠버가 그렇게 마음속으로 말하고 있었다.

커서 마스터
Cursor Master

5. 세 개의 탑 (1)

커서 마스터
Cursor Master

5. 세 개의 탑 (1)

콰아아아아아앙!

영국 런던 트라팔가 광장(Trafalgar Square)에서 원인을 알 수 없는 엄청난 폭발이 발생했다.

느닷없는 폭발로 인해 넬슨제독의 동상이 서있던 드높은 원기둥 모양의 탑이 넘어지고 주변에 있던 많은 수의 사람들이 대피하기 시작했다.

폭발이 있자마자 테러를 의심한 정부가 많은 수의 경찰과 군을 배치했지만, 결국 아무것도 알아낸 것이 없었다.

하지만 며칠 후, 같은 종류의 폭발이 같은 장소에서 두 번이나 더 벌어지고 또한 그곳에서 거대한 탑이 생성되어 솟아오르자 사람들도 중국에서 발생한 그 피라미드 던전과 같은 현상임을 받아들여야만 했다.

그러나 이번엔 중국에서 벌어졌던 현상과는 달리 갑자기 생겨난 탑의 어느 곳에도 던전의 입구로 보이는 것은 존재하지 않았다.

그렇게 며칠이 지났지만 더 이상 아무 일이 발생하지 않자 점점 사람들은 갑자기 생겨난 탑에 대한 두려움을 잊어갔고 새로이 생겨난 탑도 어느새 런던의 새로운 명물로 자리 잡았다.

그런 일이 있던 시기에 유정상은 여전히 국내에 숨은 던전을 찾아다니며 혼자만의 사냥에 몰두하고 있었다.

예전처럼 돈에 대한 집착도 없었고 아이템 욕심도 별로 없었지만, 언제부터인가 유정상에게는 던전을 찾아다니는 일이 하나의 즐거움이 되었다.

물론 틈틈이 얻고 있던 새로운 광물이나 몬스터 부산물은 늘 그래왔듯이 자연스럽게 박 노인에게 전달되고 있었다.

그 때문에 박 노인의 사업은 날로 번창해갔다.

유정상을 만나고 난 뒤로 모든 던전에서 나는 물건의 거래량이 엄청나게 늘어버린 덕분에 각 나라 별로 박 노인의 가게 분점이 생길정도였다.

특히나 유정상이 구해오는 각종 희귀금속이나 부산물의 경우엔 날개 돋친 듯 팔려나가고 있었으니 박 노인은 얼굴은 늘 웃음꽃을 피우고 있었다.

유정상이 간만에 직접 박 노인의 가게를 찾았다.

그동안 바빴던 탓도 있었지만, 굳이 가게에 직접 찾아갈 필요가 없었기 때문이기도 했다.

그런데 그를 보자마자 박 노인이 뭔가 재미있는 일이 생겼다는 듯이 넌지시 정보를 알려주었다.

"자네 혹시 그 얘기 들었나?"

"무슨 얘기요?"

"얼마 전에 영국런던 무시기 광장에 생겨났다던 그 탑에 대해서는 자네도 알고 있겠지?"

"트라팔가 광장."

"맞아. 잘 아는군."

"뉴스에서 한동안 귀에 못이 박히도록 시끄럽게 떠들었잖아요. 그런데 뭐, 아무 일도 없다고 하던 것 같은데."

"후후. 그런 엄청난 것이 갑자기 생겨났는데 그 뒤로는 아무 일도 없다는 게 말이 안 되지."

"무슨 일이 생기고 있는 겁니까?"

유정상도 피라미드에서 겪은 일이 있었으니 당연히 박 노인의 말에 흥미를 보였다.

"내가 런던에 친구들이 좀 있지."

이양반의 친구는 세계 곳곳에 퍼져 있었다.

물론 돈으로 움직이는 얕은 관계의 친구였지만 말이다.

"녀석들의 정보에 의하면 말이지, 지금 그 근처에서도 비슷한 조짐이 보인다고 하더군."

"비슷한 조짐이라니, 다시 원인을 알 수 없는 폭발이라
도 발생했다는 말입니까?"

"그래. 정부 측에서 쉬쉬하기는 모양이지만 그게 어디
숨긴다고 숨겨지겠나? 결국 알려질 일이지. 그러고 보니
그 근처라는 곳도 무슨 공원이라고 하던데……. 잠시만 기
다리게."

그렇게 말하고는 돋보기로 안경을 바꾼 박 노인이 휴대
폰을 들어 열심히 뒤적거린다.

그러다가 찾은 정보를 발견했는지 한 번 고개를 끄덕이
고는 곧 다시 이야기를 시작했다.

"그래. 더 리젠트 공원. 젠장, 양놈들이 사는 동네라 발
음도 어렵구만. 아무튼, 그곳에서 다시 비슷한 징조가 보인
다고 하네."

"그럼 이번에도 탑이 생기는 걸까요?"

"물론 그렇게 추측하고 있지, 그런데 한 가지 더 있네."

"한 가지 더요?"

"그래."

그렇게 말한 박 노인이 눈가를 찌푸리며 휴대폰을 열심
히 뒤적거리다 다시 고개를 끄덕이고는 말을 이었다.

"켄…… 싱턴 팰……리스."

"켄싱턴 팰리스?"

"그래. 그곳에서도 역시 비슷한 조짐이 보이고 있다는
군."

갑자기 한꺼번에 인근지역에서 이런 기이한 현상을 보인 일은 미래를 알고 있는 유정상의 기억에도 없다.

한꺼번에 던전이 여러 개가 열린다는 뜻일까?

"그런데 말일세. 또 한 가지 재미있는 점이 있어."

"……?"

"이곳의 위치를 살펴보면 말이네."

그렇게 말하며 자신이 사용하는 태블릿PC를 가져오더니 갑자기 런던의 지도를 화면에 떠올렸다.

그리고는 방금 말했던 그 세 곳을 점으로 찍었다.

"어?"

"알겠나?"

"정삼각형이군요."

"맞네. 완벽한 정삼각형을 이루고 있지. 뭔가 재미난 일이 벌어질 것 같아 보이지 않나?"

농담처럼 주워섬기는 박 노인의 말에 유정상의 표정이 자못 심각해졌다.

박 노인의 입장에선 그저 남의나라 일일 뿐이니까 재밌다는 표정으로 이야기했지만 유정상은 본능적으로 자신이 이곳에서 벌어지고 있는 일에서 무관하게 지낼 수는 없다는 느낌이 강하게 들었다.

"아마도 말일세. 세계 유명 길드들은 벌써 런던에 꽤나 모여들었을 게야. 우리 친구들이 이 정도까지 알아낼 정도였으니 그네들이야 오죽 하겠는가?"

"좋은 정보군요. 사례를 해야 할까요?"

"허허허. 겨우 이런 얄팍한 정보 따위를 가지고 우리 사이에 무슨, 그저 앞으로도 좋은 고객으로만 남아주면 그저 고마울 뿐이지."

이정도로 대형 사건에 휘말린 최신 정보가 겨우 얄팍한 정보 따위일 리가 없다.

박 노인도 아마 이 정보를 얻기 위해서 엄청난 액수의 정보료를 지급했을 것이 틀림없다.

미래에는 어쭙잖은 정보 하나에도 꽤나 많은 돈을 받아 갔던 영감이 이런 고급 정보를 거저 준다는 건 결국 그만큼 유정상과의 거래에서 엄청난 이윤을 보고 있다는 증거였다.

❖ ❖ ❖

결론적으로 박 노인이 예상은 제대로 적중했다.

두 군데의 징조가 있다는 이야기를 들은 지 겨우 이틀이 지난 후에 결국 그곳에서도 탑이 생성된 것이다.

영국정부는 이미 그것을 짐작하고 있었던 것인지 탑이 생겨나지 하루 전부터 두 곳의 장소에 대규모의 경찰을 투입시켜 사람들의 통행을 제한했다.

그리고 실제로 탑이 올라가자 우려하던 일이 일어나고 말았다.

세 개의 탑 가운데쯤에 있던 장소인 '더 월리스 컬렉션(The Wallace Collection)'에서 커다란 던전이 생성된 것이다.

더 월리스 컬렉션이라는 작은 박물관은 던전이 생성됨과 동시에 그것에 먹혀버려 흔적도 없이 사라져버렸고 동시에 조용한 주택가는 완전히 풍비박산이 나버렸다.

이번에 생겨난 것은 일반적인 던전에 비해 구멍의 크기가 크고 던전에서 발생하는 에너지 파장이 강했기에 전문가들은 일반적인 던전에 비해 훨씬 강력한 몬스터가 있을 것으로 판단했다.

그리고 세계 최고의 길드들이 그 입구에 모여들었다.

박 노인의 예상했던 대로 그들은 이미 징조를 보이던 때부터 일찌감치 자리를 잡고 일이 벌어지기만을 기다리고 있었던 것이다.

그리고 두 개의 탑이 추가로 생성되자마자 던전이 열린 것을 확인하고는 바로 던전 입구까지 몰려들었다.

물론 모두가 이미 사전에 영국정부와 밀약을 맺었던 덕분에 아무런 제지를 받지 않고 접근이 가능했고, 성미 급한 길드 몇몇은 이미 던전으로 진입한 상태였다.

던전이라는 것이 복불복에 가까운 것이라 잘못하면 길드에 엄청난 재앙을 줄 수도 있지만, 반대로 최초의 던전을 잘 클리어 해서 많은 것을 선점해버리면 3류 길드가 한순간에 최고의 길드로 거듭나는 경우도 허다하다.

일반의 조그마한 던전도 그러하니 이런 스페셜 급의 던전이라면 따로 말할 것도 없는 것이다.

하지만 성급하게 진입한 길드들은 모두 인지도가 약한 길드들이었고 대부분의 이름 있는 대형 길드의 경우엔 신중하게 임하고 있었다.

일반적인 던전이라 하더라도 처음 생긴 던전엔 예상 못한 일들이 수두룩하게 발생하기에 상당히 위험하다.

그런데 이런 초대형 포탈이 생성된 던전이라면 무슨 일이 벌어져도 이상하지 않은 것이다.

그 때문에 대형 길드들은 여전히 포탈로 진입하지 못하고 서로 눈치작전을 벌이고 있었다.

그와 동시에 혹시라도 들어갔던 길드들이 무슨 소식을 가지고 나오지 않을지 기대하고 있었다.

물론 극악의 확률을 뚫고 혹시 살아서 돌아 나온다면 말이다.

✤　❖　✛

그 시간에 유정상은 옥타비아가 준비해준 전용기를 타고 런던시내와 가장 가까운 런던시티공항에 도착했다.

원래라면 단거리 이착륙기라 불리는 STOL기전용 공항이라 할 만큼 활주로의 길이도 짧고 많은 것이 제한되는 곳으로 일반 비행기는 비상착륙을 하기도 까다로운 곳이긴

했지만, 그런 것을 이미 감안한 것인지 놀랍게도 이번에 옥
타비아가 보내준 전용기는 수직이착륙까지 가능한 그야말
로 최신형 전용기였다.

원래 유정상은 그런 구체적인 사실을 전혀 몰랐지만 이
번에도 끈질기게 따라온 공지훈의 쓸데없이 친절한 설명으
로 대충이나마 알 수 있게 되었다.

공항에 도착한 후 일단 처음 탑이 생겨났다는 트라팔가
광장으로 갔다.

관광이 목적이 아니었던 유정상에게는 일단 탑에 대한
조사가 가장 먼서 우선이 되었다.

공지훈은 공항에 내리자마자 일단 가장 가까운 호텔에
방을 두 개 예약해놓고 인근에 있는 작은 던전으로 향했다.

언제부터인가 자신은 유정상을 따라 던전에 들어가 봐야
도움은커녕 폐만 끼칠 것이라는 걸 깨달은 탓이다.

하지만, 근처까지의 동행은 어쨌든 자신이 해야 할 일이
라고 생각하는 건지 항상 따라나서고 있었지만 말이다.

유정상은 먼저 탑에 커서를 가져가 살펴보았지만 [알 수
없는 탑]이라고만 정보가 뜬다.

커서도 던전에 들어가야만 제대로 된 성능을 발휘하는
탓에 밖에선 이렇게 애매하게 정보를 알려주는 일이 허다
했다.

그렇게 아쉬워하는데 그런 유정상에게 익숙한 기운이 느
껴졌다.

"탑, 어서 오세요."

선글라스를 낀 옥타비아가 유정상을 알아채고는 먼저 다가왔다.

그녀를 볼 때마다 신기한 건 정말 저 눈이 보이지 않는다는 사실이었다.

멀쩡한 사람처럼 움직이니 진실을 알면서도 정말 믿기 힘들었기 때문이었다.

"다른 길드원들처럼 무슨 컬렉션이 있던 자리에 생겨난 던전의 입구로 간 거 아니었나?"

"아뇨, 당신을 기다렸어요. 탑이라면 이곳으로 올 거라 생각했거든요. 물론 이건 능력을 사용한건 아니고요."

"흐음. 뭐 능력을 사용하던 안하던 놀랍기는 마찬가지군."

"칭찬인가요?"

어쩐지 묘한 기대감이 실린 질문이다.

하지만 유정상은 정확하게 자신의 뜻을 전할 뿐이었다.

"칭찬의 종류와는 쬐금 다르지."

"왠지 섭섭하네요."

농담처럼 말하고 있었지만 어쩐지 농담이 아닌 것 같은 기분이었다.

하지만 그런 것에는 전혀 눈치가 없는 유정상이 그녀의 세세한 감정변화에 관심을 가질리 없었다.

유정상은 아무 일도 없었다는 듯이 곧바로 탑에 대한 이야기로 화제를 돌렸다.

"혹시 새롭게 밝혀낸 거 없어. 혹시 외부인이라고 알려주지 않겠다는 건 아니겠지?"

"설마요."

유정상의 어설픈 농담에도 즐겁게 웃으며 대답한 옥타비아가 그동안 조사한 내용들을 간략하게 설명했다.

"우선, 이 탑의 재질에 대한 분석을 해 봤어요. 그랬더니 확실히 상하이에 생겼던 것과 같은 종류의 석재가 사용된 것으로 확인되었어요. 아시겠지만, 아직 지구상에선 발견된 적이 없던 종류고, 던전에서 대부분 발견되는 종류라는 것도 확인되었어요."

"던전에서 나온 건 분명하다는 말이지?"

"네. 맞아요. 그리고 세 개의 탑에서 에너지를 생성하고 있는데 그 정체에 대해서는 아직 알려진 게 없어요."

제법 깊이 파고 들어간 이야기였지만 옥타비아는 모두 아낌없이 이야기 해 줬다.

"에너지? 던전 에너지는 아니고?"

"일반적인 던전 에너지와는 달라요. 뭐랄까, 통신, 혹은 전송에 관한 에너지와 비슷하다고나 할까요."

"통신? 전송? 그럼 중앙에 생겨난 던전의 구멍은 이 에너지가 원인인건가?"

"그럴 수도 있지만, 개인적인 생각엔 다른 에너지라 생각하고 있어요. 물론 대부분 길드는 던전을 만들어낸 에너지로 여기지만 말이에요."

어쩐지 점점 머리가 복잡해지는 설명이었다.

좀 더 단순한 설명이 필요했던 유정상이 그냥 옥타비아에게 대 놓고 물었다.

"당신 생각은 어떤데?"

"바깥으로 뭔가를 불러오기 위한 워프장치로 생각하고 있어요. 물론 근거는 없어요. 대략적인 자료만으로 그렇게 판단하는 것은 상식적으로도 말이 안 되니까요."

"그런데 그렇게 생각한 이유는 옥타비아 당신의 능력 때문이라는 거군."

"네, 그래요. 하지만 명확한 느낌이 아니라 답답하답니다."

굳어진 표정으로 어색하게 웃는 옥타비아를 보면서 유정상이 고개를 끄덕였다.

지구를 침범하려는 마족의 움직임을 조금이지만 직접 몸으로 느끼고 있었던 유정상은 아마도 그녀가 하는 말이 맞을 것 같다는 생각 했다.

그런 유정상의 마음을 알았는지 옥타비아가 굳어졌던 표정을 펴고 다시 밝게 웃었다.

아무런 근거도 없는 황당한 말도 믿어주는 그가 고마웠던 것이다.

"혹시 그 상황에 대한 준비는 하고 있는 건가?"

"뭐, 어느 정도는 준비하고 있지만, 아무래도 제 이야기에 대해 불신하는 사람도 많아서 충분하지는 않아요."

"……."

하긴 런던의 한 가운데에 워프장치가 열려서 몬스터나 마족이 쏟아져 나오는 상황에 대한 준비는 어떻게 하더라도 충분하지는 않을 것이다.

어쩌면 이것 하나로 지구의 멸망이 시작될지도 모르는 일이니까.

"아무쪼록 제 말이 맞지 않아야 할 텐데요. 저만 욕먹고 마는 걸로 끝나니까."

"만약 반대라면 엄청난 피해가 생길수도 있을 거고."

"시민들이나 관광객이라도 런던 외곽으로 피신시켰으면 좋겠지만 그럴 조짐이 보이질 않아요. 영국정부는 저를 존중하기는 하지만 제 능력에 대해선 아직 불신하는 이들이 많거든요."

"정치인들이야 어딜 가든 다 그렇지."

옥타비아도 어쩔 수 없는 상황에 유정상은 한숨 섞인 음성으로 그렇게 말했다.

절망적인 상황에 당면하면 염세적으로 변하는 것은 어쩔 수 없는 인간의 본능인 것 같았다.

"그나저나 탑, 당신은 어떻게 할 생각이죠? 개인적인 생각엔 저 중앙 던전은 너무 힘이 밀집되어 있어 느낌이 좋지 않아요."

"그래?"

힘이 밀집되어 있다는 말에 오히려 호기심 어린 눈으로 그쪽을 바라보는 유정상.

눈이 보이지 않아도 그런 유정상의 모습을 제대로 인지하고 있는 것인지 옥타비아는 고운 얼굴을 살짝 찌푸렸다.

"역시 당신은 그곳에 들어갈 생각이군요."

"아직 결정하지 않았는데?"

물론 거짓말이었다.

미션은 아니지만 계속 지구에 일어나는 일이 심상치 않아 모른 척 할 수가 없다.

본능적으로 그것을 내버려두면 나중엔 감당할 수 없을 정도로 크게 번질 거라는 것도 어렴풋하게나마 느껴지고 있었으니 당연히 들어갈 생각이었다.

"부디 조심하세요."

옥타비아는 유정상의 대답과는 전혀 상관없이 잔뜩 걱정을 담은 말을 하고 있었다.

애초에 옥타비아는 유정상의 말이 거짓이라는 걸 간파하고 있었던 것이다.

'이 여자 앞에선 거짓말 따윈 통하지 않겠군.'

하긴 마음의 눈으로 세상을 보는 그녀에게 이 정도는 아무것도 아니니까 당연한 일이었다.

대충 알려진 정보만을 정리한 상황에서 공지훈이 잡아둔 호텔로 돌아와 일단 하루를 푹 쉬었다.

그리고 다음날 아침 호텔을 나선 유정상이 세 개의 탑 중 하나인 트라팔가 광장의 탑을 지나치려하다가 그 부근에서 뭔가 이상한 기운을 감지했다.

커서로 얼른 주위를 살펴보았는데 탑 주변을 커서가 지나가자 그 자리에 뿌연 막이 보인다.

마치 눈에 보이지 않는 레이저 감지기를 확인하기 위해 연기를 뿌리면 붉은 레이저선이 보이는 것 같은 원리와 비슷한 느낌이랄까.

아무튼 유정상은 커서가 지나가면서 건드리자 뭔가가 일직선으로 다른 탑들을 향해 뻗어 있다는 걸 확인할 수 있었다.

하지만 다른 각성자들이나 유정상은 별다른 저항 없이 그곳을 통과할 수 있었다.

'분명 움직임을 제한하는 결계 같은데?'

느낌은 그랬지만 커서로 지정해 보아도 아무런 설명이 없으니 지금으로서는 알 수가 없다.

유정상은 어깨를 한 번 으쓱하고는 던전이 있다는 중앙 쪽으로 빠르게 이동해갔다.

그러다가 던전의 인근에 도착하자 곧바로 은신술을 써서 몰래 던전에 돌입할 준비를 했다.

던전 부근에 많은 길드원들이 잔뜩 깔려 있었고 그들 중 감지능력을 가진 사람들은 최대한 경계심을 높이고 있었지만 유정상의 은신술을 간파할 수 있는 이는 더 이상 아무도 없었다.

마지막으로 미국에서 은신술이 간파되었을 때와 지금의 유정상은 완전히 다른 존재라고 해도 될 만큼 실력이 급상 승한 상태였다.

게다가 사용하는 은신스킬의 자체등급도 몇 단계나 올라 가서 아마도 이젠 지구상의 그 어떤 각성자라도 자신을 찾 아낼 수 없을 거라는 확신도 있었다.

그렇게 몰래 던전 근처로 다가간 유정상이 포탈로 진입 하려는데 그때 갑자기 예상치 못한 메시지가 떴다.

[던전에 입장할 수 없습니다.]

순간 얼음처럼 굳어버린 유정상.

이제까지 한 번도 본적이 없었던 메시지에 무척이나 당 황스러웠다.

애초에 아무도 들어갈 수 없는 던전이라면 몰라도 이미 다른 길드의 사람들이 여러 명이나 입장한 곳인데 갑자기 생뚱맞게 입장불가라는 메시지가 뜬 것이다.

이해가 가지 않는 상황이었지만 어쨌거나 이런 메시지가 뜬 이상 억지로 진입하는 건 불가능할 것이다.

'무슨 상황이 벌어지기를 기다려야 하는 건가?'

그렇게 생각하던 유정상은 문득 옥타비아가 했던 이야기 가 떠올랐다.

'바깥으로 뭔가를 불러오기 위한 워프장치로 생각하고

있어요.'

그녀가 했던 말이 계속해서 머릿속에서 맴돌았다.

그때는 그럴지도 모른다고 생각하면서도 쉽게 넘겼는데 이런 상황이 되고 보니까 이젠 점점 더 큰 의미로 와 닿는 기분이 들었다.

'뭔가를 불러오기 위한 워프장치.'

그녀의 예상대로라면 뭔가가 이곳으로 워프될것이고 그 이후에는 이 던전도 입장이 가능해질지도 모른다는 이야기일 것이다.

하지만 그것이 정확히 언제라는 건 누구도 알지 못하니 마냥 기다릴 수도 없는 상황에 답답해하고 있었는데 갑자기 허공에 생겨난 강렬한 기운이 피부를 따끔거리게 만들었다.

유정상의 고개를 들어서 위를 바라보니까 지금 막 거대한 마법진이 생겨나는 것이 보였다.

그리고 짧은 순간이지만 유정상은 그 거대한 마법진이 뜻하는 것을 어느 정도 파악할 수 있었다.

"젠장, 지금이구나!"

놀란 유정상이 블랙로브로 몸을 감쌌고, 동시에 커서를 움직여서 마법진에 그려진 몇 개의 도형을 빠르게 조작했다.

하지만 시간이 부족했는지 몇 개 수정하기도 전에 순식간에 빛을 뿌리더니 중앙에 거대한 생명체가 모습을 드러냈다.

높이는 족히 5미터 이상은 되어보였고 길이는 30미터 이상, 몸체는 단단한 갑옷의 느낌을 주는 비늘로 둘러싸인 괴물로 마치 커다란 도마뱀 같은 모습을 하고 있었다.

그리고 놈의 머리위엔 화염이 이글거리며 치솟고 있어서 마치 그것이 솟아오른 머리칼과 같은 느낌을 주었다.

'닭 벼슬 같기도 하고.'

그렇게 생각하니 우습기도 했다.

[미션]

[자이언트 리자드를 사냥해 커서의 일곱 개의 조각 중 세 번째를 얻어라.]

드디어 미션이 떴다.

총 일곱 개 중 두 번째 조각의 보상이 있는 미션을 보면서 유정상은 재빨리 커서로 몬스터의 정보를 확인했다.

자이언트 리자드.

커서의 정보에 나타난 레벨은 무려 230이나 되었다.

물론 수치상으론 유정상이 더 높지만 일단 압도적인 크기가 주는 위압감이 상당했다.

그러나 중요한 건 유정상이 커서로 마법진을 약간 변형시킨 탓에 그나마 이정도의 녀석이 소환되었다는 것이다.

만약 유정상이 마법진에 손대지 않았다면 얼마나 더 엄청난 놈이 소환되었지 상상도 하기 어려웠다.

하지만 그럼에도 자이언트 리자드는 엄청난 몬스터였다.

애당초 이런 괴물이 던전 밖으로 나온 적도 없었으며 아무리 상급 헌터들이라고 해도 이런 놈을 상대해본 이도 전무했던 탓에 모두가 어떻게 대처해야할지 막막하기만 했다.

서둘러 유명길드의 선봉장들이 나서더니 각기 사용할 수 있는 최강의 무기를 사용해 놈을 공격했다.

대체적으로 원거리 공격무기를 사용했는데 아무래도 크기가 크기인 만큼 한순간에 밟혀 죽을 염려가 있는 근접무기는 거의 사용이 불가능한 상황이었다.

용감한 선봉장들이 강력한 원거리 공격무기인 마력포탄과 마나화살을 날려 공격해봤지만 놈의 강력한 비늘갑옷의 피부를 뚫기엔 역부족이었다.

"크아아아아아!"

오히려 그런 공격들은 놈을 더 자극하는 바람에 마구 꼬리를 휘둘러대며 날뛰게 만들었다.

덕분에 주변으로 근처에 있던 많은 수의 각성자들이 그 충격에 제대로 대처하지 못해서 박살이 나고 있었다.

갑자기 나타난 몬스터가 너무나도 강력한 탓에 길드 최강자들이 나섰지만 별다른 피해를 주고 있지는 못하는 상황이 되었다.

그러던 중에 세계 최강의 길드 중 하나인 '시리우스 칸'의 테드 설리반이 먼저 나섰다.

시리우스 칸의 5대 최강자 중 하나인 그는 드래곤킬러라고 불리는 자신의 거검을 들고 자이언트 리자드 근처로 빠르게 접근했다.

자신의 몸 보다 더 커 보일 정도의 거검이 그의 손에 쥐어져 있었지만 그 무게가 느껴지지 않을 정도로 너무도 가볍게 날아다니는 테드의 움직임에 모두 경탄할 수밖에 없었다.

그렇게 테드가 놈의 근처까지 도달하자 몬스터가 바로 반응했다.

놈은 이번에도 거칠게 꼬리를 휘둘러서 테드를 공격했지만 다른 어설픈 각성자들과 달리 굉장히 날렵한 움직임으로 그 공격을 피해낸다.

그리고 좀 더 접근한 테드가 자이언트 리자드의 뒷다리를 향해 무서운 속도로 그 거검을 휘둘렀다.

카아앙!

쇠끼리 부딪치는 소리가 울렸고 동시에 자이언트 리자드의 비늘의 한 조각이 깨어지긴 했지만 그뿐이었다.

"무슨 이런 놈이……!"

손이 찢겨 나갈 것 같은 고통마저도 잊을 정도의 정신적 대미지를 받은 테드가 경악했다.

갑옷과 같은 비늘로 무장된 놈의 피부는 너무나 단단해서 테드의 강력한 거검으로도 겨우 그 정도의 타격밖에 줄 수 없었던 것이다.

그를 지원하기 위해 같은 길드소속의 몇 명이 몸을 날리며 불의 기운이 깃든 화살로 공격하거나 응축된 마나탄을 쏘았다.

하지만 자이언트 리자드에게는 그 마저도 전혀 통하지 않는다.

그나마 몸놀림이 빠른 이들이라 쉽게 몬스터의 공격에 당하지 않고 있을 뿐, 계속해서 위태위태한 상황이 이어졌다.

세계 3대 길드 소속으로 최강의 실력을 자랑하는 각성자들이 나섰음에도 자이언트 리자드에게 별다른 피해를 입히지 못하는 상황이 지속되자 잠깐 상황을 지켜보던 유정상이 직접 나서기로 했다.

일단 은신술을 계속 사용한 채로는 다른 각성자들과 공조할 수 없고 제대로 힘을 발휘할 수도 없으므로 유정상은 은신술을 풀고 모습을 드러냈다.

블랙로브의 등장은 주변에 몰려 있는 다른 길드원들의 시선을 한순간에 잡아끌었다.

아마도 먼 곳에서 이곳을 촬영하고 있을 방송용 카메라에도 잡혔을지 모른다.

하지만 그런 사소한 것에까지 신경 쓸 수는 없을 만큼 다급한 상황이었기에 바로 몸을 날려 놈의 근처로 다가갔다.

놈도 이제까지와는 전혀 다른 기운을 풍기는 유정상의

접근이 신경 쓰였는지 곧바로 꼬리를 거칠게 휘두르며 공격해 왔다.

부우웅.

엄청난 파공성이 울려서 제법 멀리 떨어져 있던 헌터들까지 소름이 돋았다.

하지만 유정상은 특유의 빠른 몸놀림으로 놈의 꼬리공격을 가볍게 피해내며 놈의 몸 쪽으로 파고들었다.

그러자 생각보다 유정상이 강한 적이라는 걸 느낀 녀석이 반사적으로 이제껏 숨기고 있던 독침을 발사했다.

가까이 다가가자마자 전혀 준비동작도 없이 몸에 숨겨져 있던 독침이 발사되자 미처 대비하지 못한 유정상이 당황하는 사이에 커서 방패 그것을 막았다.

그러나 이번엔 다시 꼬리가 거칠게 휘둘러지며 유정상을 덮쳤다.

전투에 아주 능숙하며 경험이 많은 놈이라는 걸 순간적으로 느낄 수 있을 정도의 센스였다.

그런데 놈의 꼬리가 유정상의 근처까지 날아왔을 때 갑자기 움직이던 방향이 틀어져버렸다.

거대한 꼬리가 마지막 순간에 갑자기 휘어지더니 놈의 공격이 유정상의 몸을 살짝 빗겨나간 것이다.

순간 무슨 일이 벌어진 것인지 제대로 인지하지 못한 놈은 잠깐 당황하더니 곧 흥분해서 포효했다.

"크우우우우!"

놈은 이해할 수 없는 상황에 분노하고 있었지만 유정상은 지금 일어난 일이 무엇 때문인지 잘 알고 있었다.

바로 지금 그가 착용하고 있는 수호자의 반지가 가진 능력의 영향으로 벌어진 일이었다.

이 수호자의 반지는 커서 방패의 빈틈을 보완해줄 최고의 회피 아이템이었는데 바로 얼마 전 엠버 공주가 마지막 던전을 떠나는 순간에 유정상에게 던져주었던 물건이었다.

〈8권에 계속〉

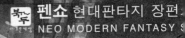